Moyra Caldecott

Die grüne Göttin und der König der Schatten

NEUE ERDE

1 2 3 4 5 6 7 99 98 97 96 95 94 93 92

Titel der englischen Ausgabe:
The Green Lady and the King of Shadows
Erschienen in dieser Version 1989
bei Gothic Image Pub., Glastonbury

Übersetzung:
Andreas Lentz

Titelseite, Buchschmuck, Buchgestaltung: Fred Hageneder

Printed in Germany

Gesetzt auf Linotype aus der Libra (Überschriften) und der Cartier 18

Satzdienst NEUE ERDE, P. G.
Gesamtherstellung:
Fuldaer Verlagsanstalt GmbH, Fulda

ISBN 3-89060-304-1
NEUE ERDE Verlag GmbH
Rotenbergstr. 33, 6600 Saarbrücken
Deutschland – Planet Erde

Für Mary
In Liebe und Dankbarkeit

Weitere Bücher von Moyra Caldecott:
Die hohen Steine
Der Tempel der Sonne
Schatten auf den Steinen
Der silberne Strudel

Kristall-Legenden

Demnächst im selben Verlag:
Amuns Tochter

inhalt

Es kam ihm gar nicht seltsam vor, daß er, Lukas, auf vielen Ebenen von Zeit und Raum gleichzeitig existierte; daß die Geheimnisse seiner Vergangenheit auch jetzt noch gegenwärtig waren und, ohne daß er sich dessen bewußt war, durch ihn wirkten. Er erkannte, daß wir nicht aufhören, in den geistigen Reichen zu leben, weil wir auf der Erde sind. Wir mögen es vergessen und müssen vielleicht manchmal daran erinnert werden, wie vielschichtig und wunderbar es ist, Mensch zu sein, aber niemals verlieren wir unsere wahren Fähigkeiten, so weit wir auch in Nachlässigkeit und Unwissenheit absinken mögen.

Einführung

Ich glaube, daß Mythen und Sagen, so sie als reine Erfindungen erscheinen mögen, die durch ständige Wiederholung geheiligt werden, in Wirklichkeit ihre Wurzeln in einer tiefen und dauerhaften Wahrheit haben, die nur durch Symbol und Allegorie ausgedrückt werden kann. Als Bestandteil einer allgemeingültigen Wahrheit, die allumfassend ist, findet sich häufig eine Schicht mit eher örtlicher oder überlieferter Wahrheit, die auf einer früheren Begebenheit oder Vorstellung beruht, und sich von da aus in mit einander verbundenen Geschichten von einem bestimmten Platz verzweigt. Viele Sagen gehen davon aus, daß der Hügel von Glastonbury im 6. Jahrhundert der Schauplatz einer Auseinandersetzung zwischen der alten und der neuen Religion war. In einer Zusammenschau mehrerer typischer Sagen aus Glastonburys Vergangenheit hoffe ich, ein paar Einsichten in die lebendige Wahrheit zu vermitteln, die sie gemeinsam beleuchten.

Der Ort – Glastonbury, Somerset – ist von Anthony Roberts in seinem Buch »Glastonbury« so beschrieben worden: »Altes Avalon, Neues Jerusalem, ein verzauberter Landstrich, der einen machtvollen Zauber hervorruft und bewahrt... Sinnbild eines großen, heiligen Mysteriums.« Frances Howard-Gordon faßt es, als sie gefragt wird, warum so viele Mythen und Sagen mit Glastonbury verknüpft sind, in ihrem Buch »Glastonbury: Maker of Myths« so zusammen: »Es ist eine gewisse eigentümliche Aura um diesen Ort, in seiner überirdisch schönen Landschaft, in der besonderen Lichtschattierung, in der Luft, die wir atmen...«

Glastonbury ist nicht ohne Grund über Jahrhunderte ein Ort geblieben, zu dem man hinpilgerte, wo Generation um Generation den verborgenen Sinn des Lebens gesucht hat, und den zu besuchen heute für jeden ein Muß ist, der sich für das Heraufkommen des Neuen Zeitalters in dieser verwirrten und verworfenen Welt interessiert...

Die Vorahnung

Der Einsiedler richtete sich auf und blickte hoch, die Axt noch in der Hand. Er hatte eine ganze Zeit lang Holz gehackt und spürte allmählich sein Alter. Einen Augenblick vermeinte er, einen dunklen Schatten in den Wald zu seiner Seite huschen zu sehen und wandte schnell den Kopf. Jetzt gab es dort keine Bewegung, doch er konnte sich des Eindrucks nicht erwehren, daß er beobachtet wurde – und nicht von einem Tier.

Er legte die Axt so ruhig er konnte nieder und führte seine Hand zu seinem Gürtel, an dem eine Feldflasche mit Wasser hing – geweihtes Wasser aus dem heiligen Brunnen und gegen jenen Feind, der ihn bedrohte, eine wirkungsvollere Waffe als jede Axt.

Es schien, er stand eine lange Zeit so da – angespannt, bereit.

Es gab keine weitere Bewegung.

Die Sonne erreichte ihren Höchststand und ein Lichtstrahl brach plötzlich durch das Blätterdach und ließ ihn fast erblinden. Als der Strahl weiterwanderte, verschwand das Gefühl von einer fremden Anwesenheit.

Collen entspannte sich und begann, die Holzscheite aufzusammeln.

Der Sturz

Lukas hätte schwören können, daß sich die Erde unter seinen Füßen bewegt hatte.

Er stand still und starrte wachsam auf die scheinbar feste Wiese des Obstgartens.

Er kannte diesen Obstgarten seit Jahren, seit er ins Kloster gekommen war. Warum hatte sie sich bewegt? Wie konnte sie sich überhaupt bewegt haben? Die Erde war unverrückbar, unwandelbar, der herrliche feste Grund seines Lebens. Sein Vater war gestorben. Seine Mutter war gestorben. Selbst die Mauern der Kirche wurden von Zeit zu Zeit abgerissen und wieder aufgebaut. Die Erde jedoch, mit ihrer Bedeckung aus tiefem grünen Gras und übersät mit Schlüsselblumen und Gänseblümchen, bestand gewiß für immer.

Nachdem er so ein paar Augenblicke vor sich hingestarrt hatte, kam er zu der Überzeugung, daß er es sich eingebildet haben mußte. Über ihm im Geäst der Bäume sangen und flatterten die Vögel. Sie waren nicht beunruhigt. Nichts hatte sich für sie geändert.

Er tat noch einen Schritt.

Die Erde gab nach, und mit einem überraschten Ausruf fiel er in ein großes Loch, das sich unvermittelt vor ihm aufgetan hatte.

»Mutter Gottes!« keuchte er verschreckt und zerschunden, wobei er mit der lockeren Erde kämpfte, die mit ihm hinabgerutscht war und in der Regenwürmer und Wurzelfasern steckten. Er mühte sich angestrengt, den Rand des Loches zu packen zu bekommen, um sich herauszuziehen, doch je mehr er es versuchte, desto mehr brach vom Rand ab und desto mehr Gras und Erde kam zu der Masse, die sich schon im Loch befand.

Schließlich schöpfte er Atem, und als er merkte, daß niemand ihn angriff und er nicht groß verletzt war, sah er sich um und versuchte zu entscheiden, was zu tun war. Außer dem Erdhügel, der mit ihm hinabgefallen war, erblickte er große Steine, die grob behauen zu sein schienen und zusammengefügt, um den Boden, die Wände und die Decke eines unterirdischen Ganges zu bilden. Der Geruch, der Lukas aus der Dunkelheit entgegenkam, war so muffig, daß er annehmen mußte, daß der Gang sehr alt und seit sehr langer Zeit verschlossen war.

Die Angst, die mit dem Schreck des Fallens einhergegangen war, war verflogen. Jetzt empfand er nur Erregung. Er hatte etwas entdeckt, von dem niemand im Kloster etwas wußte. So hatte er zuguterletzt etwas, das nur ihm gehörte, was er nicht teilen mußte. Er war als verwaister, heimatloser Junge zum Kloster gekommen und, als er älter wurde, zum Novizen geworden. Jetzt, als junger Mann, würde er bald die ersten Gelübde ablegen, wenn auch ohne große Überzeugung. Er würde Mönch werden aus Dankbarkeit für das, was die Mönche für ihn getan hatten, und weil er kaum etwas anderes kannte. Es gab Zeiten, da hatte er die tiefe und starke Empfindung einer überirdischen Wirklichkeit, doch überwiegend bestand sein Leben aus harter Arbeit und täglichem Einerlei, die er mit etwa einhundert anderer Männer teilte, welche alles gemeinsam hatten und den Anweisungen des Abtes unbedingt gehorchten.

In jüngster Zeit hatte Lukas die Routine des Klosters mehr und mehr verdrossen, besonders das Fehlen eines Raumes für sich.

Er dachte an die Geschichten zurück, die er über den Felsberg gehört hatte, und fragte sich, ob darin etwas von einem unterirdischen Gang vorkam, aber er konnte sich an nichts dergleichen erinnern. Es gab andere Berichte, von Dämonen, die auf seiner Spitze gesehen worden waren, von geheimnisvollen Geistern, die nachts oder bei einem Sturm in der Luft heulten, von Schiffen, die sich der Insel im Nebel näherten, die jedoch niemand anlegen sah – sie alle wurden vom Abt als Beweise dafür herangezogen, daß die alte Religion, die auf dem Felsberg ausgeübt worden war, Teufelswerk sein mußte. Und Bruder Peter, der die Küche unter sich hatte, führte die Geschichten an, um den alten Glauben als abergläubischen Unsinn schmähen zu können. Doch niemand hatte jemals etwas von einem Tunnel gesagt.

Lukas' Tage im Kloster bestanden hauptsächlich aus der Küchenarbeit unter Bruder Peter, wo er Gemüse schälte und zerkleinerte, eiserne Pfannen scheuerte und das Feuer schürte; der Arbeit im Skriptorium, wo er Texte abschrieb; und dem Singen im Chor. Für den Chor gab es ein umlaufendes System, so daß bei Tag oder Nacht in keinem Augenblick das Lob des Herrn unterbrochen war. Der immerwährende Chorgesang war die Idee eines früheren Abtes gewesen und als Strom schöner und harmonischer Klänge gedacht, der die Herzen der unvollkommenen, erdgebundenen Wesen erheben und sie mit den vollkommenen Chören des Himmels vereinen würde. Der jetzige Abt hatte diese Übung beibehalten, aber nicht aus einem solch edlen Beweggrund, sondern weil er Gewohnheiten, Regeln und feste Abläufe liebte. Dennoch verfehlten die reichen, tiefen Klänge der Lobgesänge ihre Wirkung auf Lukas nie, und einige seiner glücklichsten Augenblicke waren, widersinnigerweise, jene, da er am wenigsten allein war und sein »kleines« Ich mit den Engeln verschmolzen war, als er im Chor sang, und jene, da er am einsamsten war, bei der Arbeit im Gemüse- oder Obstgarten, und seinen eigenen Gedanken nachhängen konnte.

Jetzt, in der Grube hockend, dachte er darüber nach, wie er seine Entdeckung geheim halten konnte. Er stapelte die Steine, die von der Decke herabgefallen waren, sorgfältig aufeinander und kletterte schließlich auf diesen wackeligen Stufen mit viel Mühe zurück an die frische Luft und in den vertrauten grünen Obstgarten. Er warf einen prüfenden Blick zur Sonne und wußte, daß er bald zur Erfüllung seiner Pflichten in der Küche erwartet wurde.

Er schaute zum Loch. Wenn es ihm auch groß vorgekommen war, als er hineinfiel, so war es in Wirklichkeit gar nicht so riesig und glücklicherweise ziemlich am Rand des Obstgartens an einem Platz, der mit Brombeerranken und Wildwuchs bedeckt war, so daß nicht viele hierher kamen. Aus diesem Grund war er ja auch dahin gegangen, sehnte er sich doch nach etwas Zurückgezogenheit im strikt gemeinschaftlichen Klosterleben.

Er zerrte herabgefallene Äste aus dem Wald, der den Obstgarten säumte, und schleppte und zog, bis er eine notdürftige Bedeckung für das Loch hatte. Er wollte sicherstellen, daß er Gelegenheit hatte, den unteridischen Gang zu erforschen, bevor jemand anderes ihn fand. Er wußte nicht, was er dort erwartete – doch was der Gang ihm auch enthüllen oder wo er ihn auch hinführen mochte, er wollte das für sich allein und auf seine Weise herausfinden.

Die Jagd

Am folgenden Tag war Lukas wegen einer Vogeljagd nicht im Kloster und nicht im Obstgarten.

Sie begaben sich gleich nach den ersten Frühgebeten in drei flache Stechkähne. Das Nahen des Lichtes brachte Laut und Bewegung in das Seenland. Man hörte das Rascheln von kleinen Nagern am Ufer, das Platschen von Fischen, die aus dem Wasser sprangen, und die Zurufe von Vogelschwärmen sowie gelegentlich das Schreien einer Wildgans.

Die Gruppe stand unter der Leitung von Bruder Andreas, der wußte, daß sie eine Vielzahl von Mündern zu stopfen hatten und mit einem guten Vorrat an frischem Fleisch für den Koch zurückkommen mußten. Er hatte vor, tief in das Sumpfland vorzudringen, bevor sie anfingen zu jagen. Lukas war im dritten Stechkahn, fuhr still hinter den anderen her und genoß den Frieden. Sie bewegten sich so gemächlich vorwärts, daß er sich an den Riedgräsern freuen konnte, wenn sie am Bootsrumpf entlangstrichen, während die fedrigen Blütendolden des Schilfes sich über ihm schüttelten und die Pollen wie feiner Goldstaub durch die Luft davontrieben. Er sah lila Orchideen und purpurnen Enzian, die still das Gras auf den kleinen Inseln beiseitedrängten, und wünschte, er hätte Zeit, das alles zu erforschen. Er dachte daran, allein auf einer Insel zu leben und sich selbst zu versorgen, seine Träume zu träumen und seinen eigenen Kahn durch das Wasser zu staken, wenn ihm danach war. Er vergaß die kalten Winternebel und die feuchtkalten Seelen der Toten, denen er begegnen mochte, den Wind und den eisigen Regen, der das Schilf knickte, das Schneegestöber und das knackende Eis. Wenn der Sommer da war, schien er nicht enden zu wollen, und wenn es Winter war, schien es, als wolle er nie wiederkommen.

»Was hast du gestern gemacht?« fragte sein Begleiter Matthias ihn plötzlich. Lukas war überrumpelt. Er erinnerte sich an den unterirdischen Gang.

»Warum?« fragte er ungehalten.

»Ich habe nach dir gesucht und konnte dich nicht finden.«

»Ich war im Obstgarten.«

»Da habe ich nachgeschaut, konnte dich aber nicht sehen.«

»Bloß weil du jemanden nicht siehst, heißt das nicht, daß er nicht da ist.«

Lukas merkte, es war vielleicht schwieriger, sein Geheimnis vor Matthias zu bewahren, als er gedacht hatte. Der Junge war vierzehn, aber ein sehr kleiner und kränklicher Kerl. Er hatte Lukas zu seinem Helden erwählt, seit dieser ihn bei mehreren Gelegenheiten davor bewahrt hatte, verprügelt zu werden, und folgte ihm oft wie der Hund seinem Herrn.

Der junge Mann runzelte die Stirn, als er sich aus dem Kahn lehnte und gegen das mit Schilf bedeckte Ufer drückte, um das Boot aus dem Schlamm zu befreien. Er hatte dem Wasser nicht die nötige Aufmerksamkeit geschenkt und war auf Grund gelaufen. Die anderen Boote waren schon außer Sichtweite. Sollte er Matthias von dem Tunnel erzählen? Auf längere Sicht war das vielleicht einfacher, als es vor ihm zu verheimlichen. Von allen, die er kannte, war Matthias der einzige, mit dem er gerne ein Geheimnis teilte. Doch wenn Matthias in die Ecke getrieben würde, dann würde er es den anderen erzählen. Ein Geheimnis diente ihm in einer Gemeinschaft, wo sie alle aufeinander hockten und wenig Rückzugsmöglichkeiten hatten, vielleicht dazu, sich Aufmerksamkeit zu erkaufen. Das war eine Versuchung, der Matthias womöglich nicht widerstehen konnte.

»Nimm die Stange,« befahl er, »und stoße den Baumstamm da weg.«

Matthias nahm bereitwillig die Stange und stieß. Seine Arme waren dünn wie Stöcke. Er war stolz, daß man ihn um Hilfe bat, doch so sehr er sich auch mühte, der Kahn kam nicht frei.

»Komm, gib sie mir,« sagte Lukas ungehalten. Der Kahn schaukelte gefährlich, als er neben Matthias trat und sich, die Stange fest umklammert, so weit wie möglich hinauslehnte. Matthias sah zu, wie Lukas drückte. Sein Held war groß und stark. Seine Bewunderung für ihn kannte keine Grenzen.

Schließlich hatten sie ihren Kahn wieder flott gemacht, doch inzwischen waren die anderen Boote nirgends mehr zu sehen. Sie hatten vorgehabt, dicht zusammen zu bleiben, bis Bruder Andreas das Zeichen gab, und dann sollten Lukas und Matthias Lärm machen, um die Wildenten aus ihren Verstecken im Schilf aufzuscheuchen. Cerdic, ein grämlicher, schwerfälliger junger Mann, und Bruder Andreas würden dann ihre Pfeile abschießen. Das andere Boot würde die Beute einsammeln. Die Mönche nahmen nie mehr als drei Boote, denn eine Richtung mußte als Fluchtweg für die Vögel immer offengelassen werden.

Sobald sie flott waren, stakte Lukas mit aller Kraft, schlängelte sich zwischen den kleinen Inseln durch, umfuhr Schlammbänke und faulende Stämme. Das Tageslicht wurde mit jedem Augenblick stärker, und er bekam langsam Angst, daß sie sich verirrt hatten. Bei jeder Biegung, beim Umfahren jeder Ansammlung hohen Riedgrases war er sicher, da waren die anderen. Doch es war nichts von ihnen zu sehen. Er beschloß, eine Insel zu suchen, die etwas höher gelegen war. Er watete ans Ufer, während Matthias auf den Kahn acht gab, und kletterte durch ein Gewirr von Unterwuchs auf die höchste Stelle. Von dort hatte er eine weite Sicht über die ausgedehnte, flache Marsch. Im Osten waren fern am Horizont Berge zu sehen, doch in der näheren Umgebung war nichts als flaches Marschland und der eine alleinstehende, so außergewöhnliche Berg, der Felsberg, die Wohnstatt von Dämonen, der sich aus dem Wald erhob, welcher sich an seine Hänge klammerte. Als Lukas zu ihm hinsah, machte ihn die Sonne, die hinter ihm aufging, fast blind. Schnell schloß er die Augen, doch selbst durch das Stechen und die Tränen konnte er noch den Nachglanz einer Herrlichkeit sehen, die ihm den Atem stocken ließ.

»Ist was?« rief Matthias zu ihm hinauf, als er sah, wie Lukas leicht stolperte und seine Augen mit den Händen bedeckte.

Lukas schüttelte den Kopf, doch fühlte er sich sehr eigenartig, so, als sei er in diesem Augenblick jemand anders und als sähe er den Felsberg auf eine andere Weise, unter dem Einfluß von anderen Erinnerungen.

Doch so plötzlich, wie das eigentümliche Gefühl gekommen war, war es vorbei, und er richtete seine Aufmerksamkeit wieder auf die tiefliegenden Marschlande und suchte sie nach irgendwelchen Zeichen von den anderen Booten ab. Erst bemerkte er nichts, dann sah er im Südwesten das Schilf sich bewegen. Auf einmal, als sei eine Handvoll Körner in die Luft geschleudert worden, stob ein Schwarm verschreckter Enten auf. Sie flatterten wild mit den Flügeln und stießen ihre langen traurigen Rufe aus. Das Schauspiel war weit entfernt, dennoch konnte Lukas einen plötzlichen Bruch im Zusammenspiel ihres Fluges ausmachen. Er sah das Fallen schlaffer Körper und hörte die Rufe der Jäger.

»Wir können genauso gut nach Hause fahren,« sagte Lukas, als er zu Matthias zurückkehrte. »Die anderen scheinen es gut ohne uns zu schaffen.« Er kletterte in den Kahn und stieß ab, ohne noch ein weiteres Wort zu verlieren, das Gesicht verdüstert. Matthias sah ihn besorgt an. Er spürte, daß auf der Insel etwas geschehen sein mußte, aber er wußte nicht, was.

Lukas dachte an den Felsberg, den eigentümlichen, verzauberten Felsberg, der ihn sowohl ängstigte als auch fesselte. Er erhob sich, voll geheimnisvoller Anziehungskraft, im Osten der ungeordneten Ansammlung von Holzhäusern, die das Kloster bildeten. Weiter unten waren seine Hänge bewaldet, aber oben war er seltsam abgeflacht, kahl und vom Wind blankgefegt. Groß war die Zahl der Spukgeschichten, die er über den Felsberg gehört hatte, und keiner aus dem Dorf wagte es, ihn zu besteigen. Den Sagen nach war in den alten Tagen, als sein Volk noch heidnisch war, die Insel, auf der das Kloster von Glastonbury errichtet war, der Versammlungsort all der Totengeister gewesen, und der Herr der Unterwelt hatte sie dort am Felsberg begrüßt.

Viermal im Jahr, an den Wendepunkten der Jahreszeiten, zogen die Mönche durch den Wald, umkreisten den Felsberg und sangen dabei Lieder zur Teufelsaustreibung. Doch soweit er wußte, stiegen sie niemals hinauf. Als Lukas ein Junge gewesen war, hatte er den Entschluß gefaßt, dereinst als Mann kühn den Berg zu besteigen und selbst nachzusehen, ob irgend eine der Geschichten wahr sei. Jetzt hatte es den Anschein, falls sein unterirdischer Gang dorthin führte, wo er hoffte, daß er die Geheimnisse des Berges auf andere Weise kennenlernen mochte.

Die graue Gestalt

Drei Tage vergingen, bevor Lukas wieder zum Tunnel gehen konnte, doch dann war er gut vorbereitet. Er trug seine Schaffelljacke gegen die klamme Kälte und hatte in Talg getauchte Grasbüschel als Fackeln dabei und ein scharfes Küchenmesser gegen die Gefahren, die ihm vielleicht begegneten.

Er brauchte einige Zeit, um die Abdeckung aus Ästen und Zweigen so herzurichten, daß sie sich leicht von innen wie von außen hin und her schieben ließ. Er wollte auf seiner geheimen Expedition keine Begleitung.

Das Fackellicht warf unheimliche Schatten, und einen Augenblick lang zögerte er, den ersten Schritt ins Unbekannte zu tun. Wenn das Dach einmal eingestürzt war, konnte es dann nicht wieder geschehen? Welche Geschöpfe hausten in den Tiefen der Erde? Ihm schauderte in Erinnerung an die finsteren Geschichten von Ungeheuern in unterirdischen Höhlen und Gängen. Doch in den Geschichten bewachten sie meist Schätze. Welch einen Schatz mochte er an diesem dunklen Ort finden? Diese Insel war seit uralten Tagen bewohnt gewesen. Man hatte alte Knochen gefunden, Pfeilspitzen aus Feuerstein, kleine geschnitzte Steinköpfe aus heidnischer Zeit – sogar goldene Armreifen und Halsketten. Der Kelch, den sie jeden Morgen für das Abendmahl verwendeten, bestand aus Gold, das aus Kunstgegenständen eingeschmolzen war, die man nicht weit entfernt in der Erde gefunden hatte.

Lukas merkte, wie er schwitzte, obwohl ihm in seiner Jacke sehr kalt war.

»Narr! Dummkopf!« murmelte er vor sich hin. »Das sind bloß alte Geschichten!« Aber er ging nur langsam vorwärts und hielt dabei die Flamme hoch über seinen Kopf. Mit der Linken fühlte er das

Messer an seinem Gürtel und auf seinem Rücken das Bündel mit den Ersatzfackeln, die dort mit einem Lederriemen festgebunden waren.

Das Licht flackerte wild an den feuchten und bröckeligen Wänden, weil seine Hand zitterte.

»Törichter!« sprach er laut. Dann blickte er aufmerksam über seine Schulter, als seine Stimme mit hohlem Flüstern zu ihm zurückkam.

Er hatte den Eindruck, daß da eine sehr starke Kraft anwesend war – ob gut oder böse, vermochte er nicht zu sagen. Es war, als spürte er die ungeheure Kraft der Erde, zusammengeringelt, bereit zuzustoßen; die Kraft, die aus winzigen Samen Eichen erstehen ließ, die Berge aus Ebenen erhob. Und es kam ihm so vor, als habe diese Kraft Bewußtsein – sei sich seiner bewußt – ja, beobachtete ihn sogar auf eine Art und Weise...

Es war hinter ihm jetzt ebenso finster wie vor ihm. Er bewegte sich schnell voran, wollte herausfinden, wo der Gang hinführte, um dann so schnell wie möglich wieder ans vertraute Sonnenlicht zu gelangen. Doch als die eisigen Momente vorbeigingen und nichts anderes da war als die grob behauenen Steine und die feuchtkalte Dunkelheit, wurde sein Herz immer schwerer und es kamen ihm Bedenken.

»Ich komme ein ander Mal wieder,« sprach er bei sich.

Er machte kehrt. Seine Schulter rieb an der Wand und entfernte den Staub von Jahrhunderten. Die Flamme seiner Fackel war schon heruntergebrannt, dennoch berührte ihr Licht einen Augenblick ein Zeichen auf einem der Steine, das erste Zeichen, das er auf den Wänden hatte entdecken können. An der heruntergebrannten zündete er eine neue Fackel an und untersuchte die Zeichen unter dem helleren Licht. Sie schienen sehr alt zu sein, geschwärzt von derselben Zeit, die die Steinblöcke, aus denen der Tunnel bestand, dunkel und schimmelig gemacht hatte.

Er rieb die schmutzige Oberfläche mit seinem Ärmel ab, um genauer zu sehen, was das für ein Zeichen war, aber als er auf den Stein drückte, bewegte er sich. Erschrocken sprang er zurück und wollte weglaufen, doch jetzt war seine Neugier stärker als die Angst, und er hielt inne. Er hielt das Licht wieder nahe an die Wand und drückte auf den Stein mit dem Zeichen, jederzeit bereit, sich zurückzuziehen, falls nötig. Doch diesmal bewegte er sich nicht so leicht, wenn er auch unter seiner Hand etwas verrutschte. Er klopfte die Wand ab und stellte fest, daß sie hohl klang. Ihm war klar, daß er nicht umkehren konnte, ohne herauszufinden, was dahinter war. Er stellte seine Fackel auf den Boden, an das Bündel gelehnt, das er mitgebracht hatte, so daß das Licht genau auf die Wand fiel. Er steckte sein Messer in die Ritzen um den bezeichneten Stein und begann zu kratzen und zu schaben.

Allmählich löste sich der Stein. Er drückte und zog und kratzte, bis sein Messer stumpf war und seine Hände bluteten, doch schließlich hatte der Stein sich soweit gedreht, daß er ihn richtig packen konnte. Er rüttelte an dem Stein, und plötzlich kam er los und fiel aus der Wand. Er versuchte, ihn zu halten, war aber nicht stark genug und sprang gerade noch rechtzeitig zurück. Der Stein schlug auf den Boden, und der Lärm, den das machte, hallte wie Donner aus dem schwarzen, düsteren Tunnel.

War er es, der vor Angst schrie, oder etwas anderes aus der schattenhaften Dunkelheit hinter dem Stein? Er wäre davongelaufen, wenn er es vermocht hätte, doch die Angst schien seine Beine zu Staub verwandelt zu haben, und er konnte sich nicht rühren. Der fallende Stein hatte die Fackel umgestoßen und diese hatte das ganze Bündel entzündet. Plötzlich flammte Feuer auf und erleuchtete den Gang taghell.

Lukas starrte vor Schreck gebannt, als ein riesiger Schatten sich über ihm erhob. Schaudernd wollte er wegrennen, als er erkannte, es war sein eigener Schatten, der durch die Flammen riesenhaft vergrößert wurde, denselben Flammen, die jetzt auch die hinter dem herausgefallenen Stein liegende düstere Höhle erhellten. Er hielt sich an den schimmeligen Seiten des Loches fest und spähte ängstlich hinein. Kurz wurde das Dahinterliegende ganz hell erleuchtet.

Er starrte in eine dunkle Höhle, ihre Wände trieften von Schmutz. In einer entfernten Ecke lag an der Wand eine totenbleiche graue Gestalt, in Ketten, die wie Gold leuchteten. Eine Gestalt, die ihren Totenschädel erhob, um ihn, umrahmt von dem Loch, das er gemacht hatte, anzusehen.

Er lief, stolpernd und vor Angst und Schmerz fluchend, als er sich an den Wänden stieß, lief den Weg zurück, den er gekommen war, und mit jedem Schritt entfernte er sich von dem hell leuchtenden Licht seiner Grasbüschel und dem grauenerregenden Ding, das in dem dunklen Verlies hinter dem markierten Stein lag.

»Was ist los mit dir?« fragte Bruder Peter überrascht, als Lukas fast durch die große Küchentür hereinfiel, mit starren Augen, Gesicht und Kleider verschmiert und dreckig.

Lukas sah Bruder Peter ausdruckslos an, wußte im Augenblick nicht, was er antworten sollte, und erkannte nur halb, wo er eigentlich war.

»Ich... ich bin hingefallen,« stammelte er schließlich.

Bruder Peter sah ihn lange und eindringlich an. Hatte er wieder Händel gehabt? Erst letzte Woche war Lukas zur Verteidigung des Jungen Matthias in einen Kampf verwickelt gewesen, der wirklich gefährlich hätte werden können, wenn die Mönche ihn nicht rechtzeitig beendet hätten. Würde er jemals beherrscht und folgsam genug sein, um dem Abt zu gefallen und schließlich im Orden aufgenommen zu werden? Streng zeigte er auf den Ascheneimer und den Stapel mit dreckigen Pfannen, die zu scheuern waren, und verließ den Raum. Sonst war das eine der unbeliebtesten Aufgaben in der Küche, doch heute machte sich Lukas mit Eifer daran. Er war erleichtert, etwas Alltägliches tun zu können, das ihn sein eben gehabtes außergewöhnliches Erlebnis vergessen ließ. Niemals würde er wieder in den unterirdischen Gang hinabgehen, niemals mehr die Abdeckung aus Zweigen anheben. Das einzige, was er tun würde, war, am nächsten Tag, wenn die Sonne hoch und hell am Himmel stand, einen großen Felsblock über den Eingang zu rollen, um zu verhindern, daß ihn jemand fand oder daß jemand oder »etwas« daraus hervorstieg.

Lukas dachte über Bruder Peter nach. Er war ein freundlicher Mann. Er hielt seine Helfer auf Trab und gestattete keine Nachlässigkeit, aber er schimpfte und schlug nicht, wie einige der anderen Mönche es taten. Alle gehorchten ihm aus Respekt, nicht aus Furcht. Sollte er sich Bruder Peter anvertrauen? Vielleicht mußte diesem »Etwas« der Teufel ausgetrieben werden? Doch als Bruder Peter in die Küche zurückkehrte, war er in Eile und schickte Lukas fort.

Als er langsam davonging, entsann sich der junge Mann der Worte, die er an diesem Morgen in der Kapelle laut gelesen hatte.

Aus meiner Not rief ich zum Herrn;
und der Herr antwortete mir und befreite mich.

Er flüsterte sie immer wieder vor sich hin. Er wünschte, er hätte so viel Sicherheit in seinem Glauben, wie sie Bruder Peter zu haben schien; wünschte, an die Lehren der Mönche glauben zu können. Aber er fand, so, wie der Abt sie lehrte, stimmten sie nicht mit seinen Erfahrungen überein.

In dieser Nacht lag Lukas lange wach, bevor er einschlafen konnte, obwohl sein Körper so erschlagen war wie nie zuvor.

Das Dormitorium, in dem er schlief, war ein langer, niedriger Raum. Die grob behauenen Balken, die das strohgedeckte Dach trugen, waren nachts von Kleidern bedeckt, die an unzähligen Holzpflöcken hingen, die man ins Holz getrieben hatte. Die Betten waren rohe Pritschen und sehr hart, die Decken im Kloster aus der von eigenen Schafen gesponnenen Wolle von Hand gewebt. Im Winter hatten sie noch Schaffelle, die sie selbst gereinigt und gegerbt hatten – alle außer dem Abt. Der hatte ein Bärenfell, das er sich aus den Bergen von Wales mitgebracht hatte.

Wenn auch im Osten und Norden des Landes Feinde ihr Land überrannt hatten und die Gefahr einer Invasion durch die Sachsen mit jedem Tag größer wurde, führten die Mönche ihre Gemeinde auf dieselbe alte keltische Weise wie seit Jahrhunderten. Sie rühmten sich, daß es schon bevor die Römer nach Britannien kamen, ein Kloster in Glastonbury gegeben hatte und es noch bestand, lange nachdem diese wieder fort waren. Sie glaubten, wenn die Sachsen kämen, würde es genauso sein. Sie würden die Eindringlinge aufsaugen, sie zähmen und wieder abziehen sehen. Hatte nicht Gott selbst Joseph von Arimathäa gerade zu diesem Platz geführt, nach dem Tod unseres Herrn, und sein Versprechen gegeben, daß ihre winzige Insel in den kommenden Jahrtausenden ein Ort der geistigen Eingebung sein würde? Die ursprünglichen Flechtwerkhütten, die Joseph und seine zwölf Begleiter gebaut hatten, waren schon lange verrottet, so wie der menschliche Körper verwest im Laufe der Zeit, doch der Geist ihres Werkes war noch am Leben. Im Scriptorium, beim Schein blakender Hammelfettleuchten, wenn die Sonne untergegangen war, schrieben die Mönche die Evangelien auf Pergament und schickten sie über Fluß und Meer, über Berge und Ebenen zu weit entfernten Orten, wo andere sie lesen konnten. In der kleinen Kapelle, halb aus Stein, halb aus Holz gebaut, sang ständig ein Chor die Lobpreisungen für unseren Herrn und flehte, wie Er es uns geheißen hatte, um Hilfe und um Führung und um Schutz.

Die vier Jahreszeiten drehten und drehten sich wie ein großes Rad; Schlachten wurden an fernen Orten geschlagen; Könige stiegen auf und fielen; doch die Arbeit des Klosters ging fort in der Mitte, als sei es ein ruhender Pol in der Zeit.

Lukas lag auf seinem Bett und lauschte auf das ruhige, beständige Atmen der um ihn Liegenden. Die Mönche arbeiteten hart und waren dankbar für den Schlaf. Gewöhnlich war es nur Matthias, der unruhige Nächte hatte. Lukas hörte ihn jetzt, wie er im Schlaf schnaufte. So als spürte er Lukas' Aufmerksamkeit, drehte der Junge sich im Bett um und fing an zu husten. Lukas lag in der Dunkelheit und horchte auf ihn. Wann würde das Husten aufhören? Matthias war im vorigen Herbst zu ihnen gekommen, so fieberkrank, daß niemand an sein Überleben glaubte. Doch unter der Fürsorge der Mönche, durch ihre Gebete und ihr Kräuterwissen, hatte er sich erholt und war einer der ihren geworden. Manchmal jedoch schien sein kleiner Körper unter der Heftigkeit der Hustenanfälle zu bersten. Lukas schloß seine Augen und sprach ein Gebet für Matthias, wie er es viele, viele Male zuvor getan hatte.

Allmählich übermannte die Erschöpfung Lukas, und er glitt in den Schlaf.

In seinem Traum fiel er erneut in die Finsternis unter der Erde. Ohne es zu wollen, ging er wieder den Gang entlang, den er schon einmal gegangen war. Und wenn er es auch versuchte, er konnte nicht umkehren.

Als er sich dem Loch in der Wand näherte, wo der markierte Stein gewesen war, bemerkte er, daß aus der Höhle Licht hervorschien, und trotz seiner Angst spähte er durch das Loch. Nun konnte er die graue Gestalt deutlicher sehen und merkte zu seiner Überraschung, daß sie nicht einen so furchterregenden Anblick bot, wie er anfangs gedacht hatte. Es war nichts als die gebrechliche Hülle einer sehr, sehr alten Frau, die an die Wand gekettet war, und als er sie anstarrte, rührte sie sich.

Er sah sie unverwandt an, eigenartigerweise ganz ohne Angst, und blickte in ihre Augen. Sie schien am Leben zu sein, doch unfaßbar müde und traurig. Sie sprach kein Wort zu ihm, doch ihre Augen flehten mit einer solchen Inbrunst um Hilfe, daß er die Höllenhunde herausfordern würde, um ihr zu helfen.

»Ich werde dir helfen!« rief er aus. Er rüttelte an den Steinen, die das Loch einrahmten, und mühte sich, das Loch so groß zu machen, daß er in die Höhle gelangen konnte. Die Erleichterung in ihren Augen war so wunderschön, daß er einen Augenblick lang überzeugt war, nicht ein alte Frau auf dem Boden liegen zu sehen, sondern eine junge Frau von großer Schönheit und Zartheit, mit goldenen Haaren, die ihr fast bis zu den Füßen reichten... eine Frau, die er zu kennen schien.

Er hielt erstaunt in seinem Tun inne, doch kaum tat er das, da verschwand das Gesicht, und er erwachte mit einem Ruck in dem langen Dormitorium. Matthias und die anderen schliefen noch.

Er sah sich verwirrt um. Der Traum war so stark und lebendig gewesen. Er konnte nicht glauben, daß es nur ein Traum war. Anders als bei anderen Träumen, die einem entglitten, sobald man erwachte, war dieser Traum so lebendig, daß er sich an jede Einzelheit erinnerte, so als sei es etwas gewesen, das ihm tatsächlich widerfahren war.

Er erkannte, er hatte keine Angst mehr vor der Höhle und dem, was sie barg. Das Mädchen erinnerte ihn an Mondlicht, fein und silbrig, wie es in einer Sommernacht über das Wasser schien.

So lag er eine lange Zeit und dachte an sie. Er spürte ein Art Ziehen, eine Erregung, eine Unruhe – ein Verlangen, sie zu berühren – sie als Frau kennenzulernen – zu erfahren, wie es war, wenn ...

Er drehte und wälzte sich umher, versuchte loszukommen von den verführerischen Bildern, die ihm in den Sinn kamen ... versuchte, eine Erklärung für ihre Anwesenheit an jenem Ort zu finden.

Er mußte zurückgehen und sie befreien.

Und er mußte allein zurückgehen.

Der Einsiedler

Erst am späten Nachmittag des folgenden Tages fand Lukas eine Gelegenheit, sich zum Obstgarten davonzustehlen. Er hatte es so eingerichtet, daß die einen glaubten, er sei bei den anderen, während die anderen meinten, er sei dort. So wußte niemand genau, wo er wirklich war. Er hatte die plötzliche Befürchtung, falls ihm in dem unterirdischen Gang etwas Schreckliches zustoßen würde, dann wüßte niemand, wo er war, und dann würde er wahrscheinlich lebendig begraben werden und dort unbedeckt jahrhundertelang liegen. Ihm schauderte. War das mit der Frau geschehen, die er gesehen hatte? Er dachte an Matthias. Er konnte ihn auf Geheimhaltung schwören lassen, doch dann war er vielleicht nur etwas zu spät für die Vesper, und Matthias würde Angst bekommen und es allen erzählen. Nein, es war besser, es niemandem zu erzählen. Auf der anderen Seite… Lukas verlor kostbare Zeit mit seinem Schwanken. Schließlich rang er sich zu einem Kompromiß durch.

Im Scriptorium gab es verschiedene glatte Schiefertafeln, die der Abt aus Wales mitgebracht hatte. Auf diesen übten jene, die als Schreiber auserwählt worden waren, das Schreiben, bevor man sie an das wertvolle Pergament ließ. Lukas hatte einige abgebrochene Stücke in seinem Besitz. Er schlüpfte an den Ort hinter der Küche, wo er sie versteckt hatte, und kritzelte eine Botschaft für Matthias auf eine von ihnen: »Suche mich dort, wo du mich nicht finden konntest. Doch diesmal unter der Erde.« Er meinte, dies sei verschlüsselt genug, sein Abbleiben vor den anderen zu verbergen, und doch klar genug, damit Matthias ihn nötigenfalls finden konnte. Er kehrte zum Dormitorium zurück und steckte das Stück Schiefer in Matthias' Bett. Hoffentlich war er unversehrt zurück und konnte es wieder entfernen, bevor es gefunden wurde.

Endlich konnte sich Lukas um den Obstgarten und seinen geheimen Gang kümmern.

Er hatte, wie geplant, Brot und Wasser bei sich, doch ein passender Mantel war schwer zu finden gewesen. So hatte er die locker gewebte Decke von seinem Bett zusammengefaltet und an seiner Schulter befestigt. Hammer und Meißel aus der Werkstatt sowie seinen Vorrat an Grasbüschelfackeln und sein Messer trug er am Gürtel.

Es war gut, wie selbstsicher er den Weg zurücklegte, den er so ängstlich gegangen war. Der Traum begleitete ihn noch, und er hatte keine Angst. Er pfiff sogar leise vor sich hin, als er immer tiefer in den Berg wanderte.

Ein ganze Zeit schien vergangen zu sein, und ihm drängte sich der Gedanke auf, daß es länger als zuvor dauerte, dorthin zu gelangen, wo die Frau in Ketten lag; jedoch hatte er schon früher erfahren, wie sich das Zeitgefühl mit der Gemütsverfassung und den Umständen änderte. Vielleicht bildete er es sich nur ein. Er achtete jetzt noch mehr auf die Wände zu seinen Seiten. Endlich ging er wieder ein Stück zurück aus Sorge, er könnte das Loch, das er suchte, übersehen haben. Es war aber kein Anzeichen von einem Durchbruch in der harten Wand zu sehen, und so ging er wieder weiter. Gewiß hätte er doch zumindest über den großen Stein auf dem Gangboden stolpern müssen, selbst wenn er das Loch übersehen hatte? Sein Licht glitt über die roh behauenen Steine, doch es enthüllte nichts.

Er fühlte sich langsam immer unbehaglicher. Er *mußte* an dem Platz vorbeigegangen sein! Er hielt mitten in der Bewegung inne. War er verrückt, so unbedingt an einen Traum zu glauben? Was hatte ihn dazu veranlaßt? Niemals zuvor hatte er solchen Bruchstükken aus ungreifbarem Nebel getraut, die im Schlaf an ihm hingen. Niemals wieder würde er das tun. Und dann erstarrte er, als er ein schwaches Geräusch vor sich vernahm. Er spitzte die Ohren, doch die Finsternis stülpte ihr Schweigen wieder über ihn, und er konnte nichts hören.

Er machte auf dem Absatz kehrt, wollte den Weg zurückgehen,

den er gekommen war. Es war, als könne er einen kalten Atem in seinem Nacken spüren.

Er hörte wieder das schwache Geräusch und hielt inne, versuchte herauszufinden, von wo es kam und an was es ihn erinnerte. Es war eine Art schwaches Grummeln, das in regelmäßigen Abständen stärker wurde und wieder verstummte. Mit schwitzenden Händen hielt er seine Fackel hoch und spähte in die Dunkelheit, fast so, als erwarte er das Geräusch zu sehen und nicht das, was es verursachte. Diesmal kam es ihm bekannt vor. Er zwang sich, ein paar Schritte weiterzugehen, und lauschte.

»Lieber Jesus!« stieß er plötzlich hervor. Er hatte es erkannt! Es war der entfernte, gedämpfte Klang eines Mannes, der eines der Gebete des Klosters sang. Erleichterung durchflutete sein Herz. Der Tunnel mußte kreisförmig sein, und er war wieder beim Kloster! Er dankte Gott, daß er nicht abermals durch diesen schrecklichen, düsteren Tunnel zurückgehen mußte und eilte vorwärts, jubelnd, als der Ton des Gebetes lauter wurde. Er erkannte die Stimme nicht, aber das kümmerte ihn nicht, denn sie würde durch den hohlen Gang verfälscht sein. Er grinste sogar bei dem Gedanken an den Schreck, den er dem Bruder versetzen würde, wenn er plötzlich auftauchte. Es war ihm jetzt gleichgültig, ob der unterirdische Gang geheim blieb oder nicht. Er wollte nie mehr in ihn hineingehen.

Ohne daß er es gemerkt hätte, mußte der Boden die ganze Zeit angestiegen sein, denn jetzt kam es ihm so vor, als sei er auf Wandhöhe und nicht unterhalb des Fußbodens, wie er erwartet hätte. Wo der Klang der Männerstimme am lautesten war, entdeckte er einen dünnen Lichtspalt. Er brauchte nicht lange, um lose Steine zu finden, an denen er rütteln und stoßen konnte. Er merkte, wie die Stimme verstummte, als er anfing, an der Mauer zu kratzen, und ihm war klar, daß der Mann ganz erschrocken sein mußte von dem Lärm, da jemand versuchte, durch die Wand zu kommen.

»Ich hoffe, er greift mich nicht an, bevor er sieht, wer ich bin,« dachte Lukas und gab den Steinen einen letzten Stoß.

Eine Sekunde lang starrte der kleine bärtige, rothaarige Mann, der vor ihm stand, ihn an, und dann, bevor Lukas nach seinem

Durchbrechen noch das Gleichgewicht wiederfand, nahm er einen Zinnkrug, der auf einem niedrigen Tisch stand, und schleuderte Lukas den eiskalten Inhalt voll ins Gesicht, wobei er auf lateinisch ärgerlich schimpfte.

Lukas taumelte zurück, keuchend und prustend, und versuchte, das Wasser aus seinen Augen zu wischen. Der Einsiedler sah ihn einen Augenblick scharf an, die Augenbrauen waren wie zerrupftes Stroh über seinen verblüfften Augen, und dann zog er eine Schale von demselben Tisch und schüttete den Inhalt davon ebenfalls auf Lukas. Diesmal war es warmer Haferschleim.

»Was, in Gottes Namen, glaubst du, tust du da?« schrie Lukas.

Der Mann hielt mit einem Buch in der Hand inne, das vermutlich dem Wasser und dem Haferschleim folgen sollte.

»Was glaubst du, was *du* da tust?« fragte er.

»Ich habe einen unterirdischen Gang gefunden. Ich dachte, ich wäre wieder beim Kloster angelangt.« Lukas ließ verwirrt seine Blicke schweifen. Das Zimmer, in dem er sich befand, sah gar nicht wie ein Zimmer aus. Es sah aus wie eine Hütte aus Flechtwerk, die am Berghang lehnte, welcher eine Wand bildete, die halb aus gewachsenem Fels und halb aus behauenen Steinen bestand, ähnlich denen im Gang. Tatsächlich war dies der Eingang zum Tunnel gewesen, der schon lange zugemauert und an den hundert Jahre später die Hütte gebaut worden war, welche von einem Einsiedler bewohnt wurde.

»Nichts ist, was es scheint,« sprach der Mann schroff. »Du solltest vorsichtiger sein.«

Nachdem er sich von dem Schrecken von Lukas' Erscheinung erholt hatte, wanderten die Augen des Fremden nun zu dem Loch in der Wand, und er gab einen sehr unanständigen Ausdruck des Zorns von sich.

Seine Gegenwart bedurfte einer Erklärung, und so tat Lukas sein Bestes, um den Schrecken, den er verursacht hatte, wieder gut zu machen, indem er einiges, aber nicht alles von seinen Erlebnissen berichtete. Der Mann hörte aufmerksam zu, grunzte und forderte dann Lukas auf, ihn sofort zu verlassen und den Gang und seine Hütte niemals mehr zu betreten.

Lukas war darüber nicht traurig.

Der Wald umschloß die Hütte. Hinter ihr erhob sich steil der Hang des Felsberges. Eine prickelnde Erregung lief sein Rückgrat hinab. Daß er dem geheimnisvollen Berg so nahe war!

Der Pfad, den der Einsiedler ihm gewiesen hatte, verschwand fast sofort unter einem Bogendach aus grünen Blättern, und so befand er sich wieder in einem Tunnel, der diesmal jedoch grün und lebendig war. Die Bäume berührten sich zu Häupten mit ihren Zweigen, während ihre Stämme sich mit Büschen und Blumen verbanden und eine fast undurchdringliche Wand zu beiden Seiten bildeten. Die Sonne stand schon tief, und das Licht war schon ziemlich blaß auf dem Pfad, doch als er schließlich am Chalice-Hügel auftauchte, erblickte er die verstreuten Gebäude des Klosters nicht weit unter sich. Sie glänzten im eigenartigen, sterbenden hellen Licht des Abends, und die riesigen alten Eichen, die es wie Schildwachen umstanden, warfen lange, lange Schatten. »Verändertes Licht verändert alle Dinge,« dachte Lukas. »Ich sehe etwas Neues, obgleich ich es schon hundert Mal gesehen habe.« Der Klang des Vespergesangs kam ihm zu Ohren, und er fing an zu laufen, da ihm plötzlich klar wurde, daß er lange fort gewesen war, viel länger, als er vorgehabt hatte. Er fragte sich, wieviele ihn wohl vermißt hatten; wie vielen er seine Abwesenheit erklären mußte. Er warf seine Decke und sein Werkzeug in einen abseits gelegenen Schuppen, um sie später zu holen, und schlüpfte in der Hoffnung in die Kapelle, daß er seinen Platz hinten unbemerkt würde einnehmen können. Doch die Tür quietschte, und es gab niemanden, der sich nicht nach ihm umgedreht hätte, wie er schamrot und zerzaust hereingeschlichen kam.

Am Ende wurde er zum Abt gerufen. Er hatte ein ziemlich flaues Gefühl dabei. Der Abt war ein unnachsichtiger Mann, von dem bekannt war, daß er Missetäter schon wegen geringerer Verstöße hatte schlagen lassen. Er fing Bruder Peters Blicke auf, als die Mönche an ihm vorbeidefilierten, und er wußte, wenn Bruder Peter auch gerne erfahren würde, wo er gewesen war, so würde er jede Ausrede gelten lassen, die er anbot.

Der Abt jedoch traute niemandem. Er hatte Freude daran, Zucht und Ordnung durchzusetzen. Er hatte den vom früheren Abt eingeführten Brauch, Waisen oder uneheliche oder ausgesetzte Kinder aufzunehmen, niemals wirklich gutgeheißen. Mädchen wurden stets in die Obhut der Schwestern nach Wells geschickt, doch Jungen kamen nach Glastonbury. Im Gegenzug für den Unterhalt und die Erziehung, die eines Prinzen würdig gewesen wäre, halfen sie den Mönchen bei den Haus- und Gartenarbeiten, die die Aufrechterhaltung einer solch großen Gemeinschaft unbedingt erforderte. Viele, die wie Lukas vor einigen Jahren als Jungen aufgenommen worden waren, blieben, um selbst Mönche zu werden. Besonders diesen mißtraute der Abt.

Er sah Lukas durchdringend an, und Lukas trat unbehaglich von einem Fuß auf den anderen. Welche Ausrede sollte er gebrauchen? Dieser Mann war aus anderem Holz geschnitzt als der reizbare, aber sanftmütige Einsiedler oder der freundliche Bruder Peter. Es war ihm immer so vorgekommen, als nähre der Abt eine schmerzende und schwärende Bitterkeit, als habe seine Religion sein Leben ausgelaugt, anstatt es reicher und fruchtbarer zu machen.

»Der Herr mag es nicht, wenn man ihn warten läßt,« sprach der Abt schneidend.

»Es tut mir leid, Vater, verzeiht mir.«

»Vergeben kann nur der Herr,« sprach der Abt, »nach ehrlicher Reue. Du wirst auf Knien und ohne dich zu bewegen vor der Tür der Kapelle bleiben, ohne zu essen oder zu trinken, und um Vergebung bitten und darum, wieder in die Kapelle zu dürfen. Wenn der Herr zu dem Schluß kommt, daß du wahrhaftig verstanden hast, welch eine Ehre es ist, Seinem Dienst in Seinem Haus beizuwohnen, wird Er dich wieder hereinlassen.«

Lukas hielt die Luft an. Wenn der Abt »der Herr« sagte, dann meinte er natürlich sich selbst. Lukas wußte, daß er einmal einen Mönch drei volle Tage und Nächte so vor der Kapelle hatte knien lassen. Als sie schließlich ausgeschickt wurden, ihn von seiner Buße zu erlösen, hatte er das Bewußtsein verloren.

Lukas räusperte sich. »Ich… ich bin für den Herrn unterwegs gewesen,« sagte er schnell mit leiser, heiserer Stimme.

Der Abt sah ihn drohend an.

»Und welchen Behufs war das?«

»Ich… ich begegnete einem heiligen Einsiedler am Hang des Felsberges…«

Die Reaktion des Abtes auf seine Worte verblüffte ihn.

»Ein Einsiedler auf dem Felsberg?« schnappte er – ob aus Zorn oder vor Überraschung, war schwer zu sagen.

»Ja, Vater.«

»Sein Name?«

Lukas schüttelte den Kopf. »Ich kenne ihn nicht, Vater,« murmelte er.

»Wie sah er aus?« bellte der Abt.

»Er war klein und gedrungen, mit roten Haaren und einem roten Bart.«

Lukas sah, mehr mußte er nicht sagen. Der Abt wußte sehr gut, wen er beschrieb. Sein Gesichtsausdruck war erregt – aber mit einem Wink seiner Hand entließ er Lukas aus dem Zimmer.

»Sei gewiß, daß der Herr bei dieser Begegnung seine Hand nicht im Spiel hatte,« sprach er. »Deine Buße beginnt jetzt.«

»Vater…«

»Jetzt!«

Der strenge Finger des Abtes wies ihm die Tür, und Lukas ging verbitterten Herzens hinaus. Er war schon müde, und der Boden vor der Kapelle war hart.

»Was weiß er vom Herrn?« murmelte er vor sich hin. »Wenn der Herr in diesem Augenblick durch die Tür treten würde, er würde ihn nicht erkennen!« Er grübelte über die Erregung des Mannes nach und über den dunkel dräuenden Schatten, den er auf seinem Gesicht gesehen hatte, als er fortging.

In den frühen Morgenstunden, als ihm jeder Knochen seines Körpers wehtat und sogar seine Gedanken aufgehört hatten, sich ständig um seinen Groll zu drehen, trieb Lukas in etwas hinein, das sich anfangs wie eine Träumerei ausnahm, doch später eine solch starke visionäre Kraft annahm, daß er nicht mehr sicher war, ob sie nicht gar wirklicher war als die Wirklichkeit.

Es kam ihm so vor, als sei er wieder in einer Barke, die durch die Nebel der Marschen glitt. Diesmal saß er, und jemand anderes stakte. Er konnte schwach die Umrisse einer Gestalt erkennen, die im Bug stand und die Richtung wies. Zuerst dachte er, es sei Matthias, aber dafür war die Gestalt zu groß. Er lehnte sich vor, um zu sehen, wer es war, aber die Nebelschwaden waberten so dicht, daß er keine Formen bestimmen konnte. Er dachte daran, nach vorne zu klettern, um näher hinzusehen, war aber zu träge dazu. Er entspannte sich, lehnte sich in weiche Kissen zurück, die mit duftenden Kräutern gefüllt waren – fragte sich nur vergebens, warum er weder Feuchtigkeit oder Kühle spürte, noch das Plätschern des Wassers, wenn die Stange in die schlammigen Tiefen gesteckt wurde.

Nach einer Weile lief die Barke auf Grund, und der Fährmann wandte sich halb um und winkte ihn heran. Auch jetzt konnte er das Gesicht des Mannes nicht erkennen, doch er gehorchte ohne zu fragen. Er merkte, daß die Barke nicht schaukelte, als er sich erhob und in ihr nach vorne ging, und als er den Bug erreichte, war der geheimnisvolle Fährmann verschwunden. Als er ans Ufer trat, schien er allein zu sein.

So stand er einen Augenblick vor dem mit kleinen Kieseln übersäten Strand, durch den Nebel spähend und sich fragend, wo er wohl sei...

Schließlich meinte er, ein Geräusch zu vernehmen, und strengte sich an, es deutlicher zu hören. Da merkte er, daß es Gesang war – schwach und von Ferne, doch von berückender, bezaubernder Schönheit. Einen Augenblick lang wollte es ihm scheinen, es sei der immerwährende Chor des Klosters, aber die Stimmen waren hoch und fein, und wie er wußte, gab es nicht genug kleine Jungen im Klosterchor, um einen solch reichen, schwebenden Klang hervorzurufen. Die Melodie unterschied sich von allen je gehörten, sie war leichter, fröhlicher...

Der Nebel schien sich zu lichten, und allmählich konnte er blasse Flecken erkennen, die ihn an Bäume erinnerten. Er entstieg der Barke und ging in die Richtung des Gesanges – fühlte sich dabei eigentümlich leicht und angstlos.

Der verhüllende Nebel war fast verschwunden, als er den Rand des weißen Strandes erreichte. Er konnte jetzt ganz deutlich vor sich zwei Bäume erblicken, deren Äste sich zu einem Torbogen verbanden, den zu durchschreiten es ihn verlockte. Unterhalb von ihnen floß ein klarer Fluß, und er mußte auf moosbewachsene Steine treten, um ihn zu überqueren.

Als seine Schulter gegen einen tiefhängenden Ast stieß, ließ ihn ein klingendes Geräusch aufschauen. Überrascht erkannte er, daß die Blätter Kristalle waren, die alle das Licht auffingen, das jetzt von einem wolkenlosen Himmel herabstrahlte. Das irisierende Farbenspiel betäubte ihn fast, alles war eine flimmernde, glitzernde Lichtwolke.

Er wußte kaum, ob er nach unten auf seine Füße schauen sollte, um nicht danebenzutreten, oder nach oben starren zu dem großartigen Farbenspiel von ständig sich wandelnden Blättermustern. Er war in einem jener Zustände, die man anderen so schwer beschreiben konnte, in dem er das Gefühl hatte, mehr zu sein als er selbst. Er hatte sich ausgedehnt. Er war losgelöst, wie ein Boot, das sein Ankertau verloren hatte und frei von seiner körperlichen Hülle dahinglitt... Die Erinnerung an Worte, die er einmal gehört hatte, trieb wie Seetrift an ihm vorbei...

»... der reine Fluß des Lebens, klar wie Kristall, hervorquellend aus dem Thron Gottes... und ihm zur Seiten der Baum des Lebens... dessen Blätter die Völker zu heilen...«

War dies aus dem Buch der Offenbarung, der herrlichen Schau des Neuen Jerusalem, die der Engel dem heiligen Johannes auf Patmos gegeben hatte, und das er geduldig so viele Male im Scriptorium abgeschrieben hatte? Oder war dies aus einer Geschichte, die er vor langer Zeit von einem der fahrenden irischen Geschichtenerzähler gehört hatte, bevor er ins Kloster gekommen war, und die davon handelte, wie ein Mann einen der geheimnisvollen Grabhügel betritt, die die Heiden der alten Zeit hinterlassen hatten, und der dabei zwischen zwei Bäumen hindurchschreiten und von dem heiligen Fluß trinken muß...?

Er beugte sich nieder, schöpfte etwas Wasser mit der hohlen Hand und trank es.

Auf der anderen Seite des großen Blätterbogens angekommen, meinte er, in dem lieblichsten Land zu sein, das er je gesehen hatte. Nie hatte er so viele Blumen auf einmal blühen gesehen, so viele Obstbäume sich biegen unter der Last ihrer Früchte. Das Licht war ungewöhnlich – sanft wie Mondlicht und doch mit der Kraft der Sonne. Es schien vom Boden und von allem umher auszugehen.

Er konnte den Gesang noch hören, doch aus großer Entfernung. Unmittelbarer war er sich des Tones einer Flöte gewahr, die ein Band aus silbernem Klang und Verzauberung um ihn spann. Er schaute zurück, wo er hergekommen war, und erblickte eine junge Frau, die ganz in Grün gekleidet unter einem Haselstrauch saß. Eine Frau, die so schön war, daß er beim Näherkommen die Augen nicht von ihr wenden konnte. Gewiß hatte er sie schon einmal gesehen? Gewiß war sie ihm bekannt? Doch er konnte sich keiner Frau in seinem eintönigen Leben erinnern, die so ausnehmend schön war. Sie war wie eine Prinzessin aus einer uralten Sage...

Als er näher kam, legte sie ihre Flöte beiseite und erhob sich, lächelnd, als wüßte sie sehr wohl, wer er war.

Es kam ihm so vor, als er vor ihr stand und in ihre Augen blickte, als fiele er zurück in seine alte Rolle. Alles an ihr gefiel ihm – die Flucht ihres Kinns, die geschwungene Linie ihrer Nase, ihr langes, seidiges Haar, ihr sanft gerundeter Körper. Ihr Blick, mit dem sie den seinen erwiderte, war warm und tief vertraut. Er hatte das Gefühl, ein Vogel zu sein, der heil zu seinem Nest zurückkehrte, nachdem er sich durch einen Sturm gekämpft hatte.

Er streckte seine Arme nach ihr aus, von Verlangen überwältigt.

Einen Moment sah sie so aus, als wolle sie zu ihm kommen, aber etwas ließ sie zögern. Er spürte einen Schatten über ihr Gesicht ziehen.

Sie zog sich zurück und wandte sich ab, und es war, als hätte sich das Licht in dem Land verdüstert. War es eine kühle Brise, die sich erhoben hatte, oder war der Schauder, den er spürte, der einer Vorahnung?

Sie ging über die Wiese davon.

Er folgte ihr eilig, versuchte, mit ihr Schritt zu halten. Hatte es auch den Anschein, als ginge sie ganz langsam, so kam er ihr doch nicht näher.

Er begann zu laufen, sein Verlangen war jetzt fast stärker, als er ertragen konnte. Er wollte sie rufen, aber erinnerte sich ihres Namens nicht mehr, noch seines eigenen.

Sie betraten einen Wald, und die Bäume drängten sich dicht um sie. Manchmal sah er sie nicht mehr, und er wollte verzweifeln. Dann erhaschte er einen Blick von ihr und verfolgte sie stolpernd weiter.

Sie schien jetzt etwas an ihrer Hüfte zu tragen. Sie bewegte sich anders, ihr Schritt war nicht mehr so leicht.

Einen Augenblick hielt sie inne und erlaubte ihm, sie deutlicher zu sehen. Sie drehte sich zu ihm um, und zum ersten Mal, seit sie sich von ihm zurückgezogen hatte, blickte er ihr in die Augen. Sie war anders, älter. Sie trug ein kleines Kind an ihrer Hüfte, und um ihre Taille hing ein schwerer Gürtel aus Schlüsseln. Ihr Gesicht und ihre Gestalt waren nun voller, gereifter. Es kam ihm vor, als sei er von einer langen Reise nach Hause zurückgekehrt und als warte sie neben dem Herd. Doch als er wiederum die Arme nach ihr ausstreckte, wandte sie sich ab, ging davon und verschwand zwischen den Bäumen.

Wieder folgte er ihr. Wieder konnte er sie nicht erreichen.

Er konnte an nichts anderes mehr denken, als bei ihr zu sein. Er konnte und er würde nicht ohne sie zurückgehen.

Zurückgehen? Wohin? Er hatte vergessen, wer er war und wie er dorthin gekommen war, wo er sich jetzt befand.

Und dann erblickte er sie nochmals für einen Augenblick – sie war jetzt eine alte Frau, ganz in sich gekrümmt. Und dann war unvermittelt keine Spur mehr von ihr zu sehen. Er suchte wie wild.

Es schien ihm, alles würde klar werden, wenn er nur mit ihr sprechen könnte. Er hatte ihren Körper begehrt, als sie jung war, ihren Trost, als sie älter war, und jetzt verlangte es ihn nach ihrer Weisheit.

Und dann entsann er sich der Frau, die in der Höhle unter dem Felsberg angekettet war. Er entsann sich des Klosters – des Obstgartens und des unterirdischen Ganges... Er entsann sich seines Namens.

»Dort werde ich sie finden,« dachte er frohlockend, »wenn ich wieder in meiner Zeit, an meinem Platz bin. Dort ist sie.«

Er machte kehrt, um seine Spur zurückzuverfolgen, und stellte fest, daß der Wald verschwunden war – das wunderschöne Land war fort. Er lag auf seinem Gesicht am Boden vor der Tür der Kapelle, und Bruder Peter rüttelte ihn an den Schultern.

»Schnell!« sagte er. »Der Vater wird dich jetzt erlösen, aber er darf nicht sehen, daß du geschlafen hast!«

Lukas hatte die Glocken der Kapelle noch nie so laut und mißtönend vernommen.

Geschlafen?

Die erste Begegnung

Am nächsten Tag war Matthias nach einer besonders heftigen Schlägerei mit Cerdic krank. Lukas blieb in seiner Nähe und widmete sich dort seinen Pflichten. Nach und nach verblaßte die Lebendigkeit seines Erlebnisses, und er glaubte immer mehr, daß er geträumt hatte.

Doch am dritten Tag, wieder voll Unruhe, kehrten seine Gedanken zu den Geheimnissen des unterirdischen Ganges zurück, zu der Frau, die dort in Ketten lag, und zu der Frau, der er in jenem zauberischen Land gefolgt war. Einbildung oder nicht, das Erlebnis war aufwühlend.

Der Felsberg selbst, der sich klar und kahl über den Wald erhob, begann, ihn wie ein Magnet anzuziehen. Es mußte einfach so sein, daß das Geheimnis der Frau, die im Gang unter dem Berg begraben war und die er mit unbändigem Verlangen wiederzusehen begehrte, auf eine Weise mit den Spukgeschichten zu tun hatte, die diesen eigentümlichen Berg umgaben. Er stellte fest, daß er immer häufiger zu den Plätzen im Kloster ging, wo er ihn sehen konnte. Und je mehr er ihn ansah, desto mehr antworteten die Rührungen in seinem Herzen auf ihn. Am vierten Tag konnte er es nicht mehr ertragen. Er beschloß, den Berg zu besteigen und sich dem zu stellen, was immer ihn dort auch erwarten mochte.

Es gelang ihm, zu den Gartenarbeiten eingeteilt zu werden, und sobald es ging, stahl er sich davon. Er hatte sein Eichelbrot vom Frühstück aufbewahrt und in eine kleine Tasche an seinem Gürtel gesteckt. Er begab sich nicht zum Tunneleingang im Obstgarten. Diesmal machte er sich zuversichtlich auf die Suche nach dem Pfad, der ihn zum Einsiedler führen würde. Doch der war nicht so leicht zu finden, wie er gehofft hatte. Nach mehreren vergeblichen Versuchen fand er endlich einen Weg, der ihm als der richtige durch den Wald dünkte. Manchmal war er leicht zu verfolgen, dann wieder verschwand er völlig, und er mußte in seiner Erinnerung eingehend nach Bildern von Blatt und Ast, von Blumenansammlung und auffälligem Fels suchen, damit sie ihn an solchen Stellen leiteten, wo der Pfad aufhörte. Große Freude überkam ihn, als er sich endlich in dem grünen Tunnel befand und wußte, daß er fast in Hörweite des Einsiedlers war. Sollte er mit ihm sprechen oder vorbeieilen? Doch die Entscheidung wurde ihm abgenommen. Als er die Hütte erreichte, war sie leer.

Er ging an dem Platz vorbei und weiter zum Felsberg hinauf. Alles schien eigentlich wie immer zu sein, doch als er immer weiter den Berghang hinaufkletterte, fühlte er sich allmählich etwas merkwürdig. Er stellte fest, daß er nicht geradewegs hinaufstieg, wie er es erwartet hätte, sondern daß sein Weg sich um den Berg herumwand. So fand er sich gelegentlich scheinbar an demselben Ort, nur war er jetzt weiter oben, und er folgte kaum wahrnehmbaren Wellenrücken in der Erde. Dabei fühlte er sich überhaupt nicht müde, sobald er aber von den Wellen abgehen und den direkten Weg einschlagen wollte, um Zeit zu sparen, fühlten sich seine Beine bleischwer an. Irgend etwas schien ihn hinabzuziehen.

»Unsinn,« sprach er mit fester Stimme zu sich. »Der gerade Weg muß schneller sein. Ich werde durchhalten.«

Er war aber nicht schneller, weil jeder Schritt zu einer solchen Anstrengung geworden war. Es war, als stieße er gegen etwas in der Erde.

Ein Bild kam ihm in den Sinn, so deutlich, als hinge es vor ihm in der Luft. Er sah das Bild eines spiralförmigen Labyrinths, das brannte wie geschmolzenes Gold und drehte sich in Nebeln.

Er verharrte. Aus den Augenwinkeln sah er etwas sich bewegen. Mit einer schnellen Bewegung drehte er den Kopf, um zu sehen, wer oder was es war. Da war nichts als die Bäume und die Felsen, auch wenn er hätte schwören können, eine Gegenwart gespürt zu haben.

Er schloß seine Augen und schüttelte seinen Kopf in dem Bemühen, das störende Bild abzustreifen. Als er sie wieder öffnete, nahm er seinen direkten Weg zum Felsberg hinauf wieder auf, doch sein Herz war jetzt so schwer wie seine Beine. Das war nicht der Weg. Er wußte es. Etwas in ihm sagte ihm, daß er zu der Stelle zurückkehren solle, wo er die Wellenrücken verlassen hatte, um ihnen wieder zu folgen.

»Nein,« sagte er laut. Doch sein Unbehagen wuchs, und das Gefühl eines möglichen Angriffs nahm dermaßen zu, daß er schließlich umdrehte und auf seiner Spur dorthin zurückkehrte, wo er den kaum bezeichneten Pfad auf der Bodenwelle verlassen hatte.

Von da an ging es einfach. Leichtfüßig und zuversichtlich schritt er voran, wurde er immer höher den Berg hinaufgeführt, wand er sich mit den Rundungen der Erde und folgte ihrem natürlichen Rhythmus bis zur Spitze.

Unvermittel öffneten sich die Bäume, die seine Blicke eingeengt hatten, zu einem offenen Raum, und erstaunt hielt er inne, als er das Land in solcher Pracht vor sich ausgebreitet sah... seine bewaldete Insel, an die sich Wasser und stille Schilfflächen anschlossen... dahinter lange Strecken blühenden Moores, darin hin und wieder Inseln, die so dicht bewaldet waren wie seine... und im fernen Westen der Silberglanz des Meeres.

Sein Herz erhob sich vor Freude. Gewiß war dieser Berg der Mittelpunkt der Welt, der Ort, von dem alles ausging?

»Du hast den Gipfel noch nicht erreicht,« schien eine Stimme, die nicht die seine war, in seinem Kopf zu sprechen.

Noch zwei Umrundungen auf dem merkwürdigen labyrinthischen Pfad, und er würde ganz oben sein.

Wie oft hatte er den Berg umrundet? Er hatte nicht mehr mitgezählt.

Sein Fleisch fing in leiser Vorahnung an zu prickeln. Er sah sich beunruhigt um.

Die Sonne stand hoch am Himmel, und inzwischen würde sein Fehlen im Kloster bemerkt worden sein. Er sollte umkehren, aber er stellte fest, daß er es nicht konnte. Die Versuchung weiterzugehen, nachdem er so weit gekommen war, war zu stark. Dies war kein gewöhnlicher Berg, und er mußte sein Geheimnis ergründen.

Er sah zum Gipfel hinauf. Er wußte, wenn er durch das vom Wind wogende Gras ging, war er in wenigen Augenblicken oben. Doch er entschied sich, dem Pfad weiter zu folgen, der ihn so weit gebracht hatte, und so umrundete er den Berg noch zwei Mal, bevor er schließlich auf seinem höchsten Punkt stand.

Er hatte das Gefühl, daß dieser Platz ihm sehr vertraut war und doch fremd. Das Kloster schien weit entrückt zu sein, die Gesetze, die seinen Tag und seine Nacht regelten und die er für so unausweichlich und unerbittlich gehalten hatte, schienen ihm jetzt so willkürlich und wankelmütig – die kleinliche und strikte Wiederholung von Ritualen nicht im Gleichschritt mit der vielschichtigen und feingewirkten Harmonie des Universums.

Von einem überwältigenden Gefühl des Frohlockens und der Erregung erfüllt, warf er sich auf seinen Rücken. Über ihm die gewaltige Kuppel aus Blau schien sich zu bewegen, sich zu drehen. Das Blut klopfte in seinen Schläfen. Unter seinem Leib drehte sich die große Erde. Er konnte es spüren, wie die Erde sich drehte, wie der Himmel sich drehte, das eine im anderen. Sichtbar und unsichtbar drehten sich die Seinsebenen in einem tiefen, harmonischen Rhythmus, vielfältiger und schöner, als ein Mensch in seinem kleinen Käfig aus Knochen sich je erträumen konnte.

Gebannt von der Kraft und der Schönheit, wünschte Lukas, daß er sich nie mehr bewegen müßte, nie mehr ins Tal zurück zu der gefühllosen Grausamkeit von Leuten wie Cerdic und der kalten Amtsgewalt des Abtes.

Er schloß seine Augen. Die Grenzen der Dinge, die Abgetrenntheit des einen vom anderen, hörten auf zu sein. Er meinte zu fühlen, was es bedeutete, Erde und Himmel, Feuer und Meer zu *sein*. Er schien »im« Kopf des Abtes zu sein, »in« Cerdic, »im« Kopf des Riedschneiders, den er weit in der Ferne bis zu den Oberschenkeln im Wasser waten sehen konnte. Er empfand die Enttäuschung der beiden ersteren, wenn sie sich gegen die Mauern ihres kleinen Egos warfen und es ihnen nicht gelang, in die weiteren Bereiche ihres wahren Seins vorzudringen. Er empfand den Frieden im Herzen des Riedschneiders, der nichts von der Welt jenseits seines Dorfes und des Moorlandes wußte, und doch eine größere Welt bewohnte als der Abt oder Cerdic. Er empfand den Schmerz des Kriegers in der Schlacht, die Trauer der Mutter mit ihrem toten Kind auf dem Arm. Ihm schauderte vor Aufregung und Ehrfurcht, da er in diesem kurzen Augenblick verstand, daß wir nicht nur sind, was wir zu sein scheinen, sondern daß wir in uns tragen das Leben des ganzen Weltenalls, des geheimen wie des geoffenbarten, des natürlichen wie des übernatürlichen. Alles, was im Weltganzen geschieht, geschieht uns!

Dann hatte er das Gefühl, die Eindringlichkeit einer solchen Schau nicht mehr ertragen zu können, und er sprang auf seine Füße, sah sich um und hoffte, alles so wiederzusehen, wie er es als »Wirklichkeit« kannte.

»Ich bin Lukas!« rief er aus und stieß mit seiner Faust auf seine Brust. »Und,« dabei trat er mit dem Fuß auf, »das ist die Erde!«

Etwas bewegte sich zu seiner Linken, und er wirbelte herum. Zu seiner Bestürzung entdeckte er, daß er nicht allein war. Hinter ihm stand auf dem Felsberg ein Fremder, ein hochgewachsener Mann, größer als er je einen gesehen hatte. Ihn umfloß ein schwarzer Mantel wie Nebelschwaden. Sein Blick war durchdringend und höhnisch, seine Haltung majestätisch.

»So, du bist Lukas?« sagte er mit erkennbarer Belustigung. »Und dies,« und dabei deutete er hinab, »ist die Erde?«

Lukas wurde rot.

Der Mann warf seinen Kopf zurück und lachte. Es war keine Heiterkeit in dem Klang, und Lukas fühlte keine Erleichterung in sich aufkommen. Er trat von einem Fuß auf den anderen und fragte sich, ob er es wagen durfte, wegzulaufen.

War es Donnergrollen, was er aus der Ferne hörte?

Er sah sich um und versuchte abzuschätzen, wie schnell er im Schutz der Bäume und außer Sicht sein konnte, falls der Mann ihm nachsetzen wollte.

Er trat einen Schritt zurück, und der Mann, ihm in die Augen blickend, tat einen Schritt vor.

Lukas, der an die Geschichten von Dämonen auf dem Felsberg dachte, wandte sich um und floh stolpernd, rutschend und fallend den langen Abhang zum Wald hinab. Er vergaß den spiralförmigen Pfad und brach seinen Weg durch das uralte Muster, panisch auf direktem Weg zum Fuß des Berges und der Hütte des Einsiedlers.

Auch der rotbärtige Mann war ein Fremder, dennoch sah Lukas in ihm einen Freund. Zu seiner Erleichterung war die kleine, stämmige Gestalt beim Holzhacken, und dabei wurde die Axt wie von einem Krieger in der Schlacht geschlagen. Er schaute sogleich auf, als er Lukas' Ruf hörte, und sah ihn einigermaßen überrascht an, sich langsam aufrichtend.

Außer Atem erzählte ihm Lukas, er sei auf dem Gipfel des Felsberges gewesen. Er glaubte, nicht mehr sagen zu müssen. Der Einsiedler holte einen niedrigen Schemel aus der Hüte und wies Lukas, sich zu setzen. Dann holte er einen Krug mit Wasser, den er zu Lukas' Erleichterung nicht über ihm ausgoß, sondern ihm fürsorglich hinhielt, damit er trinken konnte.

Lukas war ganz rot im Gesicht und schwitzte, seine Arme und Beine waren von den Dornen und Zweigen des Waldes übel zerkratzt. Dankbar trank er, und als er fertig war, brachte der Mann ihm ein Stück Stoff, das er in Wasser tauchte, um damit das Blut und den Dreck aus seinen Schrunden und Schrammen zu wischen.

»Du hast auf dem Felsberg etwas gesehen?« fragte der Mann mit mehr als gewöhnlichem Interesse, wobei er ihn aufmerksam beobachtete.

»Ich hab' jemanden gesehen,« antwortete Lukas.

»Wen?«

Lukas schüttelte seinen Kopf.

»Wie sah er aus?«

»Groß und finster und hager. Er...« Lukas verstummte. Wie wenig paßte seine Beschreibung zu diesem Mann!

»Er... was?«

»Er hat nichts gemacht. Aber ich hatte große Angst vor ihm. Ich bin weggelaufen. Das nimmt sich jetzt dumm aus.«

»Nein, es war nicht dumm,« sprach der Einsiedler grimmig. »Es war das beste. Du warst für die Begegnung nicht gewappnet.«

»Wer war er?« Lukas, jetzt ohne Angst, war sehr neugierig.

Der Einsiedler antwortete nicht, sondern schien tief in Gedanken zu sein. Lukas wartete eine, wie ihm schien, lange Zeit, dann konnte er nicht länger still bleiben.

»Wie heißt er?« fragte er.

Der Einsiedler sah ihn verärgert an. »Sein Name ist ohne Bedeutung,« kam die scharfe Antwort. »Du fragst nicht nach *meinem* Namen, aber seinen willst du wissen?«

»Wie ist *dein* Name?« sagte Lukas zögerlich. Der Mann spitzte seinen Mund, scheinbar im Zwiespalt, ob er antworten sollte oder nicht.

»Meine Feinde nennen mich ›Alter Feuerbrand‹,« kam es schließlich. Lukas mußt laut herauslachen. Der Name war so treffend. Dann wurde er ernst.

»Warum nennen sie dich so?«

»Weil ich Dummköpfe nicht ausstehen kann,« sagte der Einsiedler bündig, »und gelegentlich meine Fäuste gesprochen haben, wo ich Worte hätte gebrauchen sollen.«

Lukas mochte das wohl glauben.

»Und wie nennen dich deine Freunde?«

»Collen,« antwortete der Einsiedler.

»Darf ich dich Collen nennen?«

»Bruder Collen.«

»Bruder Collen,« sagte Lukas höflich, »magst du mir sagen, wie der Mann auf dem Felsberg heißt?«

»Nein,« antwortete Collen.

Lukas blickte auf den untersetzten alten Mann mit seinen strubbeligen roten Haaren und den buschigen Augenbrauen, die in alle Richtungen abzustehen schienen. Seine Augen waren klein wie Haselnüsse und klar wie polierte Bronze. Er konnte nicht anders, als diesen Mann zu mögen. Er vertraute ihm. Wenn er ihm den Namen des Fremden auf dem Felsberg nicht sagte, mußte er gute Gründe dafür haben. Er fragte sich, ob er die Frau unten im

Tunnel erwähnen sollte, doch dazu konnte er sich nicht durchringen.

»Wie ich die Brüder kenne, werden sie inzwischen nach dir suchen und erzürnen, wenn sie dich nicht finden. Du mußt gehen,« sprach Collen streng.

»Darf ich wiederkommen?« fragte Lukas.

»Würde es dich hindern, wenn ich ›nein‹ sagte?«

Lukas lachte. »Nein,« sagte er.

»Also gut,« sagte Collen, »denn fort mit dir!«

Lukas machte sich eilig davon, als er aber die Wegbiegung erreichte und wußte, er würde die Hütte heute nicht mehr sehen, drehte er sich noch einmal um und winkte. Bruder Collen hatte den dreibeinigen Schemel in der Hand und winkte zurück.

Lukas lächelte. Wo zuvor ein kaltes, ängstliches Gefühl in seinem Herzen war, war es jetzt warm. Collen war von der Welt, die ihm vertraut war.

Die Brüder hatten ihn schon gesucht, waren aber nicht, wie er erwartet hätte, böse auf ihn. Sobald er in der Küche auftauchte, nahm Bruder Peter ihn am Arm und führte ihn wieder hinaus. Sein Gesicht war eher besorgt als ärgerlich. Lukas marterte sein Hirn nach einer Ausrede für seine lange Abwesenheit und beschloß, ihm von seinem Besuch bei dem Einsiedler, nicht jedoch von dem Aufstieg auf den Felsberg zu erzählen, als er merkte, daß Bruder Peter ihm keine Vorwürfe machte und nach keiner Erklärung verlangte.

»Was ist geschehen?« fragte Lukas, nunmehr beunruhigt. Sie gingen zum Krankensaal, und Bruder Peters Gesicht war sorgenvoll und bekümmert. »Matthias!« dachte Lukas. Er schämte sich, so mit dem Besteigen des Felsberges beschäftigt gewesen zu sein, daß er ganz vergessen hatte, wie krank Matthias war. Wohl hatten die Mönche gesagt, er solle keinen Besuch empfangen, aber Lukas wußte, für ihn hätten sie eine Ausnahme gemacht, wenn er darauf bestanden hätte. Unterlassungssünde! Das also bedeutete das Wort! Jetzt war es vielleicht zu spät.

»Matthias ist sehr krank,« sagte Bruder Peter. »Wir glauben... wir glauben nicht, daß er noch sehr lange leben wird.«

»Aber er lebt noch?«

»Er hat ständig nach dir gefragt. Wir konnten dich nicht finden.« Bruder Peter warf Lukas zum ersten Mal einen scharfen Blick zu. Lukas hätte sich auch dann nicht schuldiger fühlen können, wenn er vor dem Abt wegen einer Todsünde angeklagt wäre.

Er senkte den Kopf und beschleunigte seinen Schritt. Was sollte er sagen? Daß es ihm leid tat? Wie unangemessen ihm dieses Wort erschien.

Die Betten im Krankensaal waren größer als die Pritschen im Schlafsaal, und Matthias sah sehr zerbrechlich aus, ein kleiner Buckel inmitten eines Meeres von Decken, und seine Augen schienen an ihm das größte zu sein. Lukas stand da und sah auf ihn hinab. Ein Kloß stieg ihm in den Hals, als er hörte, wie der Junge um jeden Atemzug kämpfen mußte. Doch als Matthias seine Augen öffnete, war es, als würde ihn der Anblick von Lukas verwandeln. Sein ganzes Gesicht hellte sich auf.

»Was ist los?« fragte Lukas mürrisch. »Ich höre, du hast die Brüder wegen mir belästigt.«

Matthias versuchte, etwas zu sagen, aber er war zu schwach. Er schien versuchen zu wollen, seine Hand unter der Bettdecke hervorzuholen. Als es ihm schließlich gelang, sah Lukas, daß er jenes kleine Stück Schiefer umklammerte, das Lukas unter Matthias' Kopfkissen vergessen hatte.

»Ich weiß nicht, was es ist,« sagte Bruder Andreas, der bei ihrer Ankunft dagewesen war. »Er hatte es schon in der Hand, als er hierherkam, und er läßt es sich nicht wegnehmen, noch zeigt er es jemandem.«

Lukas streckte seine Hand aus, und Matthias ließ das Schieferstückchen erleichtert los. Lukas sah zu Bruder Andreas auf. Bruder Peter hockte in der Nähe der Tür.

»Könnten wir eine Weile unter uns sein?« fragte er. Die beiden Mönche zogen sich augenblicklich zurück.

»Sie... sie haben alle möglichen Totengebete gesprochen,« flüsterte Matthias.

»Sei's drum, du kannst noch nicht sterben,« sprach Lukas mit fester Stimme. »Ich brauche dich.«

»Du brauchst mich?« seufzte Matthias und lächelte ein solch schönes, stolzes Lächeln, daß Lukas sich verwünschte, nicht schon lange Matthias ins Vertrauen gezogen zu haben.

»Ja,« sagte er. »Alle möglichen merkwürdigen Dinge sind mir widerfahren...«

»Das dachte ich mir,« hauchte Matthias. Er schaute auf das Stück Schiefer, das nun in Lukas Hand war. »Was bedeutet es?«

»Das bedeutet, ich habe einen unterirdischen Gang gefunden, der geradewegs unter dem Felsberg hindurchführt. Ich wollte nicht, daß irgend jemand davon erfährt, aber als ich mich aufmachte, ihn zu erkunden, dachte ich, es sei besser, eine Nachricht zu hinterlassen, wo ich sei – falls – falls ich nicht zurückkäme.«

Matthias lauschte eifrig. Er sah schon ein wenig besser aus. »Dachte ich mir doch, daß es der Obstgarten war!«

»Der Gang endet im Wald, fast in der Hütte eines Einsiedlers.«

Matthias hing an seinen Lippen. Lukas saß auf der Bettkante und alles, was geschehen war, sprudelte nur so aus ihm heraus – sogar seine eigenartigen Träume. Der kranke Junge nahm ein neues Leben an, als er zuhörte. Als Bruder Andreas nach einer Weile wieder hereinsah, erstaunte er, um wieviel besser Matthias nun aussah. Er trat ein und stellte sich neben Lukas.

»Wir dürfen ihn nicht überanstrengen...«

»Ich bin nicht müde!« rief Matthias aus. Das strengte ihn aber so an, daß er wieder zu husten anfing.

Lukas stand auf. »Ich komme wieder,« sagte er. »Du mußt dich ausruhen und erholen.«

»Du... hust... kommst wieder... hust... und erzählst...«

»Ja, ich komme wieder... und wenn es dir besser geht, nehme ich dich mit zu Bruder Collen.«

Bei diesen Worten warf Bruder Andreas ihm einen schnellen Blick zu. Später wurde Lukas vor die drei Brüder Peter, Owen und

Andreas gerufen und nach Bruder Collen gefragt. Lukas erzählte ihnen so viel wie dem Abt. Die drei Mönche sahen sich an.

»Das ist wirklich eine Fügung der Vorsehung, daß du ihn getroffen hast, Lukas. Wie bekannt ist, hat er einige Wunderheilungen für unseren Herrn vollbracht.«

Lukas war erstaunt. Bruder Collen sah nicht wie ein Heiliger aus, und soweit Lukas wußte, vollbrachten nur Heilige Wunder. Wenn es aber die geringste Aussicht gab, Matthias zu helfen, mußten sie sie nutzen. Bruder Peter bat ihn, den Einsiedler am folgenden Morgen zu holen.

»Selbstverständlich, aber...« Lukas hielt inne. Er konnte sich keinen Reim darauf machen, warum sie nicht selbst Bruder Collen zu Matthias' Hilfe geholt hatten, ja, warum er noch nie eine Erwähnung von ihm vernommen hatte.

»Das ist eine lange Geschichte, Lukas,« sagte Bruder Peter, der die Frage aus seinem Gesicht las. »Und es ist keineswegs eine glückliche. Eines Tages werden wir es dir erklären, doch im Augenblick wäre es besser, wenn du derjenige bist, der ihn bittet, zu Matthias zu kommen. Doch jetzt geh. Iß dein Abendbrot. Bete für Matthias. Schlafe.«

Lukas ging, aß sein Abendbrot, betete für Matthias und machte sich bettfertig.

Der Traum in jener Nacht hatte dieselbe kraftvolle Lebendigkeit der anderen, diesmal war er jedoch weder in einem Tunnel oder in der Höhle, wo die Frau lag, noch in dem geheimnisvollen Land hinter den Kristallbäumen.

Er ging wieder auf dem langen, gewundenen Pfad, der sich spiralig um den Felsberg zog. Diesmal waren die Bodenwellen allerdings deutlicher, wie Erdwälle aufgehäuft. Sie waren nicht besonders hoch, aber hoch genug, daß er nicht einfach so von einem zum nächsten Pfad hinüberwechseln konnte wie am Tag zuvor.

Es kam ihm jetzt gar nicht merkwürdig vor zu wissen, daß der Pfad sieben Runden hatte. Vielmehr wurden die Dinge ihm immer vertrauter, so als sei er an diesem Ort unter diesen Bedingungen schon oft gewesen.

Er befand sich in einem Umzug, der auf dem besonderen Pfad den Berg hinaufzog. In seiner Hand hielt er einen kahlen Ast. Die Bäume im Wald waren ebenfalls unbelaubt.

Als die Spitze des Zuges gerade an der Biegung hinter dem Berg verschwinden wollte, sah er, daß die junge Frau aus seiner Vision ihn anführte. Hinter ihr floß ein Mantel aus schimmerndem Grün. Auf ihrem Kopf war ein Reif aus Silber. In ihrer Hand hielt sie auch einen Zweig.

Er wollte sich vordrängen, sie einholen und mit ihr sprechen, aber er konnte es nicht. Ihn hielt ein Gefühl ehrfürchtiger Scheu zurück, das Gefühl dafür, was sich ziemte und was nicht.

Er sah sich nach Bruder Collen um und nach dem Namenlosen, den er auf dem Felsberg gesehen hatte. Ob sie wohl in dem Zug waren? Es war aber nichts von ihnen zu sehen. Es waren alles Fremde und doch... und doch... hatte er das Gefühl, sie alle zu kennen.

Als er zu der letzten Krümmung des Pfades vor dem Gipfel kam, blickte er auf und sah, daß die Spitze der Marschsäule schon oben war. Er konnte die junge Frau nicht sehen, da die Leute am Rand der Gipfelplatte einen Kreis bildeten. Er konnte nur ihren Zweig ausmachen, den sie hochhielt. Sie schien in der Mitte des Kreises zu stehen.

Der Fischreiher flog mit langsamem Schwingenschlag über ihn hinweg, Bote aus einer anderen Welt.

Auf einmal schien er sich zu erinnern, etwas über sich zu wissen, das ihm den Atem stocken ließ. Er war nicht nur der Lukas, der in dem Kloster lebte, Töpfe schrubbte und im Chor sang, er war noch jemand anderes, jemand mit einem fremdartigen Namen, Gwythyr, Sohn von Greidyawl, und er lebte vor langer, langer Zeit, und in jenem anderen Leben war er auserwählt, in einer rituellen Hochzeit mit der Erde die Sonne darzustellen.

Alle Menschen um ihn her machten ihm nun Platz und drängten ihn nach vorne. Alle Blicke ruhten auf ihm, alle Hände geleiteten ihn zur Mitte des Kreises, wo das Mädchen stand, das Mädchen, dessen Name Creiddylad war, die wunderschöne junge Tochter von Lludd, erwählt, die Erde darzustellen.

Über dem Felsberg wölbte sich der Himmel riesigweit und blau. Keine Wolke verdüsterte die erstaunliche Klarheit. Und in jenem Blau, unmittelbar über ihnen, stand die weiße Scheibe des Vollmondes wie eine Braut. Der Bräutigam, die Sonne, stand neben ihm.

Gwythyr schien vom Sonnenlicht zu brennen, als er vorwärtsging und sich vor Creiddylad stellte.

Alles wurde still.

War es möglich, daß kein Vogel sang? Daß keiner atmete?

Wie – oder warum – es Leben gab, war ein uraltes Geheimnis, aber die Menschen, zu denen er in dieser alten Zeit gehört haben mußte, wußten, es kam nicht ohne das Männliche und das Weibliche zustande, die Sonne und den Mond, den Geist und das Fleisch. Aber der männliche Himmelsgott und die weibliche Erdgöttin waren nicht genug. Es geschah durch ihre Vereinigung, daß Leben begann.

Das Mädchen fing an, sich zu drehen, langsam auf ihren bloßen Fersen, und zog ihn mit sich. Die Umstehenden taten es ihnen gleich, bis, Kreise im Kreis, sich alle drehten.

Da spürte er ihre Berührung, und ein spiraliger Feuerfluß schien von ihr auszugehen, der die alten Hüllen und Stoppeln seines alten Selbstes verbrannte, um den Acker für eine neue Saat zu bereiten. Mit umschlungenen Leibern lagen sie auf der Erde, und der Rhythmus ihrer Liebe verband sich mit dem Pulsieren der Erde. Kein Nektar war süßer für einen Kolibri als jener, der zwischen ihnen hin- und herfloß. Hundert, ja tausend Menschen konnten sie umringen, aber sie sahen und fühlten nichts anderes, als die umfangende Wärme von einander und die wogende Erregung, die jede ihrer Fasern durchfloß.

Die Landschaft verwandelte sich. All die verstreuten Wasserflächen wurden zu gleißenden Lichtwirbeln. Das Marschland und die Schilfinseln, die dunklen Bäume des Waldes – sie alle schienen zu

Kraftspiralen geworden zu sein. Die Hänge des Felsberges waren mit weißen Blumen bedeckt wie von einem Brautschleier. Knospen öffneten sich, Zweige brachten neue Blätter hervor. Der Zweig der jungen Frau war weiß erblüht, und es ging ein blendend weißes Licht von ihm aus, das in das Land hineinstrahlte und allem, was es berührte, reiche Fülle bescherte. Sein Zweig war mit frischen grünen Blättern bedeckt.

Ihm schauderte von der Schönheit all dessen und der Trauer, da er sich schließlich von ihr zurückziehen mußte. Mit einem Seufzen schloß er seine Augen, um sich von der Helligkeit des Lichtes zu erholen.

Als er sie wieder öffnete, da öffnete er sie im Dormitorium. Nur der Schatten seiner leuchtenden Erfahrung war noch übrig, die Erinnerung an seinen alten Namen schon verblaßt.

Den Rest der Nacht wälzte Lukas sich hin und her. Er konnte nicht schlafen. Mit rotgeränderten Augen beschloß er in der Morgendämmerung, wenn er zu Bruder Collen ging, würde er ihm alles erzählen, über die Frau im unterirdischen Gang und über seine Gesichte. Es *mußte* eine Erklärung geben. Das waren keine gewöhnlichen Träume.

Die zweite Begegnung

Es war ein heller Tag mit Sonnenschein und blauem Himmel als Lukas sich aufmachte, Bruder Collen zu holen, und er fühlte sich zufrieden und glücklich. Er war fest davon überzeugt, daß Bruder Collen Matthias würde helfen können, und es war eine Erleichterung, die Entscheidung getroffen zu haben, die Last seines Geheimnisses zu teilen. Er war indessen noch nicht lange unterwegs, als er erkannte, daß er falsch abgebogen war: der geschwärzte Stamm eines Baumes, in den ein Blitz eingeschlagen war und der quer über dem Trampelpfad lag, war vorher nicht dagewesen. Er sah zu den verwitterten, aus dem Boden gerissenen Wurzeln und wußte, sie waren schon eine sehr lange Zeit der Luft ausgesetzt.

Ihm wurde plötzlich kalt, und als er aufsah merkte er, daß der Himmel nicht mehr blau war. Eine kühle Brise bewegte die Blätter.

Erzürnt über sich und seine Unachtsamkeit, kehrte er um und versuchte, den Weg zurück zu finden. Das war nicht so leicht, wie er dachte, und er schalt sich dafür, sich die Worte, die er Bruder Collen sagen wollte, in seinem Kopf zurechtgelegt zu haben, anstatt auf den Weg zu achten. Der Pfad, auf dem er ging, wand und krümmte sich ganz furchtbar, verzweigte sich häufig und gab ihm keinen Aufschluß darüber, wie er gehen sollte.

Auf einmal erhaschte er einen Blick auf den Felsberg durch ein Loch in dem fast ununterbrochenen Laubdach. Erleichtert dachte er, er würde jetzt wenigstens sehen können, in welche Richtung er ging. Er war überrascht, wie weit entfernt der Berg zu sein schien, und beschloß, geradenwegs durch den Wald auf ihn zuzugehen. Auf diese Weise hoffte er, auf den Pfad zu treffen, der an Bruder Collens Einsiedelei vorbeilief und zum Gipfel des Berges führte.

Es war ermüdend, sich durch Ranken und Büsche zu arbeiten und durchs Farnkraut zu waten, das, großenteils noch vom Vorjahr, trocken und pieksig war, und immer wieder mußte er umkehren, um ein undurchdringliches Brombeergebüsch zu umgehen.

Es war dunkel und kalt geworden, und der Wald war eigenartig ruhig. Mehr als einmal sah er angestrengt über seine Schulter, da ihm jemand durch das Unterholz zu folgen schien.

Endlich, als er die Hoffnung fast aufgegeben hatte, die Hütte des Einsiedlers noch zu erreichen, kam er zu seiner Verblüffung an eine Lichtung, und auf der Lichtung stand ein außergewöhnliches Bauwerk. Riesig lange Baumstämme, die mit Schnitzwerk überzogen waren, bildeten Säulen, die ein so hohes Dach trugen, daß es kaum zu sehen war. Bilder von in sich gewundenen Tieren und Pflanzen rankten sich auf dem Holz umeinander, sich verschlingend und wieder ausstoßend. Fische mit Drachenköpfen, Weinranken mit Schlangenfingern, Menschen mit hinter dem Kopf verschränkten Beinen, Ungeheuer gebärende Frauen... Lukas starrte sie an – angesprochen und gefesselt vom Empfinden einer reichen und schöpferischen Kraft, einer wilden und dunklen Vorstellungsgabe.

Er rieb sich die Arme, um warm zu bleiben, denn der kalte Nieselregen durchnässte seine Kleider. Wie konnte es dieses Gebäude so nahe beim Kloster geben, ohne daß er es jemals erwähnt fand? Und dann erinerte er sich, daß auch der Einsiedler niemals erwähnt worden war.

Er ging weiter, voller Neugier, und überhörte die warnende innere Stimme.

Die Hand schon beinahe an der Tür, hörte er hinter sich ein Geräusch, und er wirbelte herum. Er blickte in die stechenden Augen des Mannes, den er oben auf dem Felsberg gesehen hatte. Das Zittern von der kalten, nebligen Luft war nichts gegen das Beben, das er jetzt in seinem Herzen empfand. Er wollte weglaufen, hielt sich aber zurück und versuchte, einen klaren Kopf zu bewahren und etwas von dem Selbstvertrauen, das er im Traum gehabt hatte.

»Du hast mich gesucht?« Die dunklen Augen bohrten sich in die seinen.

»Ich wußte nicht,« stammelte Lukas. Er ärgerte sich, seine Unsicherheit zu zeigen. Die Augen beobachteten ihn, so, wie er die Augen einer Katze einen Vogel hatte beobachten sehen, bevor sie ihn fing. Er hatte den Eindruck, langsam und vorsichtig rückwärts auf einem Stamm zu gehen, der über einem Abgrund lag, und jeden Augenblick konnte er hinunterfallen und zerschmettern.

Unvermittelt lächelte der Mann. »Sei willkommen,« sprach er mit weicher Stimme. »Es ist ein kalter Tag. Warum gesellst du dich nicht zu mir ans Feuer und teilst ein Mahl mit mir?«

Lukas wußte nicht, was er tun sollte. Zweifellos war ihm kalt, er war müde und hungrig. Nichts war ihm lieber, als Essen und Trinken und ein Ort zum Ausruhen. Aber... da war wieder die warnende Stimme tief in seinem Herzen. Bruder Collen hatte sich geweigert, diesen Mann bei Namen zu nennen. Warum? Er mußte unbedingt mehr von ihm wissen. Er war ihm auf dem Felsberg so bedrohlich vorgekommen – doch jetzt war dem nicht so.

Lukas wollte einwilligen, fragte aber nach seinem Namen.

»Mein Name wird dir nichts sagen,« antwortete der Mann. »Er gehört früheren Zeiten an.« Lukas meinte, einen Schatten über das hagere, unheimliche Gesicht huschen zu sehen. »Komm. Mein Essen ist kräftigend, mein Feuer warm,« fügte er hinzu. Und so geleitete er ihn durch die Tür.

Lukas bemerkte beim Eintreten, daß eine große Zahl der Schnitzereien rechts und links Köpfe mit zwei Gesichtern darstellten, die in entgegengesetzte Richtungen schauten und einen unterschiedlichen Ausdruck hatten. Da er dies sah, zögerte er erneut. Warum nannte der Mann seinen Namen nicht?

»Lukas!« Der Fremde sprach mit scharfem Ton und winkte, ihm ins Zimmer zu folgen. Lukas gehorchte. Was er sah, verschlug ihm den Atem. Der Raum war riesig und reich möbliert. Auf einem langen, niedrigen Tisch waren viele Leckereien ausgebreitet, als wäre ein hoch angesehener Gast erwartet worden.

»Setz dich,« sprach sein Gastgeber freundlich und wies auf einen bequem mit dichten, glänzenden Fellen bedeckten Stuhl.

Lukas schaute auf die zeigende Hand. Sie war bloß, als sie ins Haus gewunken hatte, doch jetzt mit Edelsteinen reich geschmückt. Der Mann selbst schien viel jünger zu sein, fast zahm wie ein Falke. Ein Mantel aus Finsternis umfloß ihn.

»Wer *bist* du?« flüsterte Lukas heiser, jetzt zu Tode erschrocken.

»Das könnte ich genauso gut dich fragen,« antwortete der Mann, ihn genau unter zusammengezogenen Brauen betrachtend.

»Du kennst meinen Namen.«

»Jener Name ist eine Brosche, die du trägst auf deinen äußerlichen Kleidern. Du kannst sie anstecken oder abnehmen, wie du es willst. Er gehört nicht zu deiner Seele.«

Lukas runzelte die Stirn, versuchte ein Bild wieder einzufangen oder den Schatten eines Bildes, das er, für einen kurzen Augenblick, halb zu sehen meinte. Aber es war fort.

»Sagst du mir, wer du bist?« Der Mann starrte tief in Lukas' Augen, als wolle er lesen, was in seiner Seele verborgen lag.

»Mein Vater war ein Bauer namens Joel, aber er ist tot. Meine Mutter…«

»Du verschwendest meine Zeit. Diese Antworten bedeuten nichts. Sag mir, wer du *wirklich* bist!«

Da kam es Lukas vor, als frage er sich allmählich selbst, wer er »wirklich« sei. Wenn er nichts anderes war, als er selbst zu sein glaubte, wie wußte er dann von Dingen, die ihm niemand erzählt hatte? Er sammelte seine Gedanken, erinnerte sich an das Erlebnis auf dem Felsberg – an das Wissen, das ihn so lebendig ankam, von endloser Bewegung, endloser Stille – von Muster und Herrlichkeit jenseits vom allem, was er je gesehen oder von dem er je gehört hatte… Er dachte an seine Träume, die er gehabt hatte – an den Namen, den er in jenem Traum gehabt hatte – jenen Namen, an den er sich nicht mehr entsinnen konnte.

»Ich… weiß es nicht,« sagte er schließlich zögernd; und das war die Wahrheit.

Der große Mann erhob sich und schritt ungeduldig im Raum auf und ab. Lukas beobachtete ihn, wie er seine mit Edelsteinen besetzte Hand zum Mund führte und unruhig an den Steinen herumkaute.

»Du mußt jemand sein, den ich gekannt habe,« murmelte er, schritt dabei auf und ab, vor und zurück. »Warum verfolgst du mich sonst?«

Lukas sagte nichts, wenn er auch überrascht war. Wenn überhaupt, dann hätte er gedacht, er sei es, der verfolgt wurde!

»Du hast dich mit dem unterirdischen Gang befaßt. Warum?«

»Ich bin da zufällig hineingestolpert.«

»Nichts geschieht zufällig,« war die schnarrende Antwort. Seine Augen funkelten gefährlich und sein Mund war wutverzerrt. »Du hast den gekennzeichnet Stein bewegt,« fuhr er fort. »Du sahst die Frau.«

»Welche Frau?« Lukas war entschlossen, alles abzustreiten, zumindest bist er mehr wußte.

Der Mann nahm seine Wanderung wieder auf. Er schien jetzt mit seinen eigenen Gedanken beschäftigt, und Lukas nutzte die Gelegenheit, sich zur Tür zu bewegen. Mehrmals hielt er inne aus Angst, der Mann würde ihn bemerken und aufhalten, doch es war, als sei er vergessen worden.

Als er sich davonstahl, konnte Lukas es nicht lassen, ein Stück Speck und saftigen Fleisches vom Tisch zu nehmen.

Sobald er aus dem großen Haus heraus war, blickte er zurück, um festzustellen, ob er verfolgt würde. Er verschrak. Der großartige Bau, den er gesehen hatte und in dem er tatsächlich drin gewesen war, war nicht mehr da. An seiner Stelle stand eine gewöhnliche Hütte, nicht viel größer als die von Bruder Collen. Das Fleisch in seiner Hand war eine verkohlte, übel aussehende Klaue.

In Bruder Collens Behausung erhielt er zu essen und zu trinken, wobei er auf einem einfachen hölzernen Stuhl ohne glänzende Felle saß. Der Einsiedler betrachtete ihn mit wohlwollender Belustigung, als er gierig das Brot und die Beeren aß und die heiße Suppe und die Milch trank, mit der er ihn versorgt hatte, und versuchte nicht mit ihm zu sprechen, bevor die Farbe in seine Wangen zurückgekehrt war. Dann fragte er, wo Lukas gewesen sei und was er gesehen habe, das ihn so außer Fassung gebracht.

Lukas erzählte ihm, er habe den Mann gesehen, der ihn auf dem Felsberg so in Angst und Schrecken versetzt hatte.

»Hast du mit ihm gesprochen?« fragte Collen ernst.

»Ja. Er fragte mich, wer ich sei. Er kannte meinen Namen, dennoch fuhr er fort zu fragen, wer ich *wirklich* sei.«

»Die Frage habe ich mir auch schon gestellt,« sprach der Einsiedler mit leiser, fast unhörbarer Stimme.

»Oh nein! Nicht du auch noch!« rief Lukas aus.

Collen nahm sich zusammen. »Erzähl mir, was geschehen ist.«

Lukas zuckte mit den Schultern. Was war geschehen? Und wo sollte er anfangen?

»Beginne mit dem Tag, als du durch meine Wand gebrochen kamst.«

So kam es schließlich heraus, Stück für Stück, manches vermengt und durcheinander, doch am Ende war es die ganze Geschichte wie Lukas sie kannte. Collen hörte gespannt und ohne eine Bemerkung zu. Am Schluß saß er immer noch schweigend da, tief in Gedanken versunken.

»Was glaubst du? Gibt es eine Gefangene in der Höhle?« fragte Lukas. »Ich hatte gemeint, es sei eine Einbildung von mir gewesen, bis er selbst sie erwähnte.«

»Hast du ihm die Geschichte erzählt, die du gerade mir berichtet hast?«

»Nein.«

»Irgend etwas von dem unterirdischen Gang oder der Grünen Göttin auf dem Felsberg?«

»Ich habe ihm nichts davon gesagt, aber er schien zu wissen, daß ich im Tunnel gewesen bin.«

»Du hast ihm nichts von deinen Träumen erzählt?«

»Nein.«

Sie saßen beide eine Weile schweigend. Lukas sprach zuerst.

»Was hat das zu bedeuten?« fragte er.

Collen runzelte die Stirn, seine Augenbrauen zogen sich zu einem Stück zotteligen Fuchsfell zusammen.

»Da haben wir eine Menge aufzudröseln, Lukas, und ich glaube, wir haben noch nicht alle Fäden.«

»Dann sag mir wenigstens etwas, damit ich ein wenig verstehe,« bat Lukas.

Bruder Collen schüttelte nachdenklich seinen Kopf.

»Wenn ich sage, was ich jetzt denke, mag ich falsch liegen. Etwas enthüllt sich für dich, und das wird auf seine Weise geschehen und seine Zeit brauchen. Wenn ich mich da jetzt einmische, nimmt es vielleicht nicht seinen ganzen und natürlichen Verlauf, und hinterher stehen wir schlechter da als jetzt.«

Es war sehr enttäuschend, aber Lukas konnte undeutlich erkennen, was der Mann sagte, ergab einen Sinn.

»Bist du jemals selbst in dem Tunnel gewesen?« fragte er.

»Ein Mal. Aber den gekennzeichneten Stein oder die Höhle habe ich nicht gesehen. Für mich war es nichts anderes als ein dunkler Durchgang, ohne irgend etwas.«

»Warum hast du deine Hütte daneben gebaut?«

Bruder Collen zuckte die Achseln. »Wer weiß? Vielleicht dachte ich, es könnte nützlich sein, einen geheimen Fluchtweg zu haben?«

»Flucht, wovor?«

»Man kann nie wissen,« sprach er rätselhaft und beließ es dabei.

»Vielleicht wollte ich deswegen niemandem davon erzählen,« dachte Lukas. »Vielleicht dachte ich dabei auch an einen Fluchtweg.«

Und dann fiel ihm Matthias wieder ein.

Betroffen, so spät dran zu sein, erzählte er Bruder Collen, wie die Mönche auf seinen Namen reagiert hatten und daß sie ihn baten, zum Kloster zu kommen, um Matthias zu helfen. Der Einsiedler spitzte daraufhin seine Lippen und sah nachdenklich aus. Lukas fragte sich, ob es eine Art Zerwürfnis zwischen Collen und den Mönchen gegeben hatte, etwas, das von beiden Seiten einer Anstrengung bedurfte, um sie wieder zusammenzubringen. Er hoffte, sie würden es um Matthias' willen tun.

Er fing an, Collen von Matthias zu erzählen und wie er der einzige war, dem er vor Bruder Collen von dem Geheimnis erzählt hatte. Der Einsiedler schüttelte heftig den Kopf, und einen Augenblick lang befürchtete Lukas, er würde es ablehnen, doch dann hatte es den Anschein, der Einsiedler schüttelte den Kopf, als wolle er etwas loswerden. Er stand auf und reckte sich, als löse er sich gewaltsam aus einem Gedanken, bevor er sich auf den nächsten richtete. Lukas beobachtete ihn mit Erleichterung, da er jetzt wußte, Bruder Collen würde ihn nicht im Stich lassen.

Auf einmal fühlte er sich sehr, sehr erschöpft.

Collen sah das und lächelte. »Bleibe hier,« sagte er mit ruhiger Stimme. »Schlafe eine Weile. Ich werde deinem Freund helfen, wenn ich kann.«

Lukas merkte, wie seine Augen ihm schon zufielen, und er glitt vornüber und legte seinen Kopf auf den Arm auf dem Tisch. War dies eine Verzauberung, wie es das fremdartige Haus gewesen war, oder war es einfach die natürliche Erschöpfung von jemandem, der von beiden Seiten von starken, unerklärlichen Kräften gezogen wurde?

Er war nicht sicher, ob er wach war oder schlief, als er Bruder Collen sagen hörte: »Wer immer du auch sein magst, schlafe gut.«

Die Nennung der Namen

Als Lukas aufwachte und merkte, daß er in Collens Hütte war, überraschte ihn das im ersten Augenblick. Dann erinnerte er sich. Er sah sich nach dem Einsiedler um, es war aber nichts von ihm zu sehen. Wieviel Zeit vergangen war, vermochte er nicht zu sagen, aber es konnte kein Zweifel bestehen, daß die Zeit, wo er wieder im Kloster hätte sein müssen, schon längst vorbei war.

Großartig erfrischt nach dem Schlaf, machte er sich wieder auf den Weg zurück, um aber nach ein paar Schritten innezuhalten und seinen Sinn zu ändern. Er wollte durch den Tunnel zum Kloster zurück. Das war kürzer und schneller, und er würde noch einmal nach dem bezeichneten Stein und dem Geheimnis der angeketteten Frau suchen können. Jetzt, da Bruder Collen sein Geheimnis teilte, hatte er nicht mehr so viel Angst.

Die Steine in der Wand des Einsiedlers waren seit dem Tag seiner unvermittelten Erscheinung nicht berührt worden. Vorsichtig zog er sie heraus und mühte sich mit ihrem Gewicht ab. Er wünschte, Bruder Collen wäre hier, ihm zu helfen. Er hatte die Worte des Einsiedlers so verstanden, daß es an ihm, Lukas, sei, mehr über das Mysterium herauszufinden, bevor eine Erklärung möglich war. Heute würde er eben dies versuchen. Er nahm Bruder Collens Lampe mit dem sicheren Gefühl, daß der Einsiedler nichts dagegen haben würde.

Kaum im dunklen, muffigen, engen Raum des Ganges, wankte seine Entschlossenheit fast, aber er rang sich dazu durch, weiterzugehen. Er bewegte sich langsam vorwärts, die Lampe von einer zur anderen Seite schwenkend, und mit dem festen Vorsatz, den bezeichneten Stein nicht zu verfehlen. Spinnenweben streiften sein

Gesicht und ließen ihn zusammenfahren. Ein kleines Geschöpf ergriff die Flucht vor seinem Fuß, und er ließ fast die Lampe fallen.

Wie es schien, hatten die Wände weiter keine Einritzungen außer der, die er gesehen hatte. Würde er sie jemals wiederfinden? Er blieb stehen und dachte darüber nach. Er versuchte, seinen Geist zu sammeln, ihn wie einen Lichtstrahl in die Dunkelheit auszusenden, um das Ding zu finden, das er suchte.

Er fühlte sich nach und nach sehr eigenartig, als wüchse in ihm eine Kraft, die er nicht mehr beherrschen konnte. Fast war es, als könne er in der Dunkelheit sehen und als brauche er die Lampe nicht mehr. Er setzte sie ab und ging entschlossen weiter. Nach wenigen Augenblicken war er bei dem Zeichen angekommen, das er suchte. Er hielt sich nicht lange mit der Frage auf, ob der geheimnisvolle Mann, der den Stein wieder in die Mauer eingefügt hatte, wohl in der Nähe war, sondern legte sogleich seine Hand darauf. Diesmal gab der Stein, ohne daß er Druck ausgeübt hätte, nach und schwang auf wie eine Tür. Er betrat die Höhle und starrte wie angewurzelt auf das Bild, das sich ihm darbot. Der Mann, den er zuerst auf dem Felsberg gesehen hatte, war da, gekleidet in seinen Mantel aus Finsternis, und ihm stand, ihm tapfer ins Auge blickend, eine Frau in Grün gegenüber.

War sie auch noch in Ketten, so stand sie doch aufrecht und blickte furchtlos in die Augen des Mannes.

»Du kannst nicht gewinnen,« rief sie aus. Ihre Stimme erscholl klar an diesem dunklen Höhlenort. »Tod ist dein Königreich und nur Tod kannst du ernten. Du hast mich nicht gewonnen, indem du mich hierher gebracht hast.«

»Ruhig!« brüllte er, und seine Stimme war furchtbar wütend.

Er streckte die Arme nach ihr aus, seinen Schatten vor sich, den Saum ihres grünen Kleides berührend. Zusammenschaudernd drängte sie sich gegen die Felswand, das Gesicht von ihm abgewandt, goldene Haarsträhnen fielen wie ein Vorhang zwischen sie.

Plötzlich wußte Lukas, wer der Mann war.

»Gwynn, Sohn von Nudd,« rief er. »Du wirst sie nicht bekommen!«

Da merkte er, wie er in seiner Rechten ein Schwert hielt und mit der Linken einen Schild umklammerte.

Der Mann drehte sich um, und Lukas sah in die Augen eines uralten Feindes. Wie viele Jahrhunderte waren vergangen, seit der große Gottkönig Arthur diese beiden Männer dazu verdammt hatte, jedes Jahr am ersten Tag des Frühlings miteinander zu kämpfen, das junge Mädchen Creiddylad zwischen ihnen hin und hergerissen bis zum Tag des Jüngsten Gerichtes, der Kampf des Lebens mit dem Tod, der edle silberne Erbe des Geistes, der den finsteren Hüter der Unterwelt herausforderte?

Creiddylad, die Frau, die sie beide zu sehr liebten, rang ihre Händen.

»Gwythyr,« schrie sie, »du kannst nicht gewinnen. Nicht hier. Nicht auf dieser Schatteninsel. Suche die Sonne... kämpfe in der Sonne mit ihm...«

Doch Gwythyr, Sohn von Greidyawl, hatte sein Schwert an der Kehle des Mannes, der seine Braut entführt und seine Gefolgsleute und Freunde abgeschlachtet hatte.

»Einmal habe ich gegen dich verloren, Vertrauensbrecher! Noch einmal werde ich nicht verlieren,« rief Gwythyr aus.

Der König der Schatten erhob seine Arme; Finsternis floß von ihnen herab, und aus der Mitte der Schwärze sah Gwythyr seinen Zeigefinger und spürte einen Schmerz, der schärfer war, als jedes Schwert, sein Herz durchbohren.

Er fiel, und im Fallen sah er Creiddylad, wie sie die Arme nach ihm ausstreckte – ihre Augen erfüllt von Liebe und Schmerz und Verlangen... doch zwischen ihnen war ein Abgrund aus Dunkelheit, der mit jedem Augenblick breiter wurde... und über diesen Abgrund schien es keine Brücke zu geben.

»Lukas... Lukas! Wo bist du?« Bruder Collens Stimme durchbrach das merkwürdige Brummen in Lukas' Kopf.

»Hier,« antwortete seine Stimme, scheinbar aus weiter Entfernung. »Hier!« Hier. Aber wo war sie... wo war sie... Creiddylad... die Göttin von Licht und Leben...?

»Warum hast du die Lampe hingestellt?« schimpfte Bruder Collen. »Warum hast du nicht auf mich gewartet?«

Lukas schüttelte hilflos den Kopf. Warum? Warum? Würde es immer nur Fragen geben und nie auch nur eine Antwort?

Er befand sich im Tunnel, nicht in der Höhle. Von dem bezeichneten Stein oder von dem Eingang, durch den er vermeintlich gegangen war, war keine Spur zu sehen. Da war kein Schwert zu seinen Füßen. Kein Gefühl der Kraft in seinem Herzen.

Er seufzte. »Ich wünschte, es würde aufhören, daß mir solche Dinge zustoßen,« sagte er. »Ich wünschte, ich könnte wieder ich sein.«

Bruder Collen legte seinen Arm um seine Schulter und drückte ihn tröstend an sich. »Vielleicht ist es genau das, was geschieht.«

»Was?«

»Du lernst, du selbst zu sein.«

»Ich meine, ich selbst, Lukas.«

Bruder Collen sah nachdenklich aus. »Was wir sind, ist vielschichtiger und aufregender, als wir denken,« sprach er. »Jener, der hier auf der Insel von Glastonbury aufwuchs, der die Küche säubert und den Tisch deckt, der Latein lernt und im Chor singt, ist nur ein kleiner Teil jenes Wesens, das von Gott kommt. Wir leben in unseren Leben die uralten Mysterien aus, und gleichgültig, wie klein und unbedeutend wir auch scheinen mögen, auf den verborgenen inneren Ebenen unseres Seins sind wir Handelnde in den großmächtigsten Dramen des Weltenalls.«

Lukas sah bestürzt aus.

»Mach dir nichts draus,« sagte Collen mit einem Lächeln. »Das wird dir eines Tages deutlich werden. Laßt uns inzwischen zu unserem Freund Matthias nach Hause gehen.«

Lukas sah schnell zu ihm auf, plötzlich wachsam. Collen las die Frage in seinen Augen. Er lächelte. »Dein Freund schläft jetzt. Ich glaube, du wirst ihn gut erholt vorfinden.«

Lukas fand keine Worte, um zu sagen, wie dankbar er war, aber das brauchte er auch nicht. Der Einsiedler konnte es in seinem Gesicht sehen.

»Was hast du... ich meine... wie hast du...?«

»*Ich* habe gar nichts... es war die Gnade Gottes.«

»Aber warum... wenn es Gott war... warum haben *unsere* Gebete nichts geholfen?«

Bruder Collen zuckte die Achseln. »Sie hätten, wenn ihr zu beten gewußt hättet. Die Kunst ist, aus dir selbst herauszuschlüpfen, so wie du in der Zeit bist, in dein Selbst, so wie es in der Ewigkeit ist.«

Lukas war still, ging mit schweren Schritten neben dem Einsiedler her. Sie waren auf dem Weg zu dem Eingang im Obstgarten. Sollte er den Mann bitten, sich zu erklären? Er seufzte. Er dachte, vielleicht ließe er es besser auf sich beruhen bis zu einem anderen Mal, wenn er nicht so durcheinander war... außerdem... hatten sie den Erdhaufen am Tunneleingang erreicht, und es war Zeit, die Abdeckung aus Zweigen anzuheben und herauszuklettern. Lukas war erschrocken zu sehen, daß es schon ganz dunkel war und die Sterne durch die Apfelbäume funkelten. Es war ein langer, ganz außergewöhnlicher Tag gewesen, und er wußte sich keinen Reim darauf zu machen. Eines war er sich sicher – er war hungrig und müde und sehnte sich danach, wieder gewohnten Dingen nachzugehen.

»Kommst du mit mir ins Kloster?« fragte Lukas Bruder Collen. »Es ist dunkel und wahrscheinlich gefährlich, im Wald des Felsberges umherzulaufen.«

Collen lachte. »Mach dir um mich keine Sorgen. Ich bin so hart wie eine alte Wurzel, die einen Felsen sprengen kann. Kein Dämon würde es wagen, mich zum Kampf herauszufordern.«

Lukas glaubte ihm. Gedrungen und muskulös und voll Vertrauen in sich und seinen Gott, würde Bruder Collen selbst für den Teufel ein harter Brocken sein.

»Dann werde ich dir hier Auf Wiedersehen sagen,« sagte Lukas. »Wirst du... werde ich dich morgen wiedersehen?«

»Das liegt an dir.«

»Ich werde gleich morgens kommen, wenn ich kann. Ich... es sind in dem Gang Dinge geschehen, von denen ich dir erzählen muß.«

Collen sah ihn scharf an, doch jedes Gespräch, das vielleicht noch stattgefunden hätte, wurde von der Glocke zum Komplet abgeschnitten, dem letzten Gebet der Mönche vor dem Schlafengehen.

Der Rückzug

Noch am Morgen suchte Lukas Bruder Collen nicht auf.

Den größten Teil der Nacht lag er da und grübelte über die ihm widerfahrenen Dinge nach. Er versuchte, wach zu bleiben, um nicht wieder einen dieser unheimlichen Träume durchleben zu müssen. Er fragte sich, ob er verrückt wurde und ob Bruder Collen sich nur über ihn lustig machte, wenn er seinen Geschichten so gespannt zuhörte. Er sehnte sich nach der Einfachheit des Lebens zurück, das er vor der Entdeckung des Tunnels geführt hatte. Kurz vor Morgendämmern fiel er in Schlaf. Wieder hatte er das Gefühl, aus seinem Körper fortzugleiten, ihn auf dem Bett zurückzulassen, während er in einer anderen geisterhaften Gestalt durch die Nacht reiste. Er versuchte, wieder wach zu werden. Er hörte seine Stimme im Kopf schreien, und er spannte jeden Muskel seines Körpers, um sich aufzurichten und sich wachzuschütteln. Doch nicht eine Faser, kein einziger Finger, gehorchte seinem Befehl. Sein Leib lag starr wie tot, derweil sein denkender Teil kurz auf ihn hinabschaute und dann in die Dunkelheit davonzugleiten schien.

Er hörte Geräusche. Diesmal befand er sich weder in dem unterirdischen Gang noch auf dem Felsberg, sondern ritt auf dem Rücken eines Pferdes durch die Nacht. Er spürte das Pferd unter sich, wie es kraftvoll galoppierte, fühlte den Wind in seinen Haaren und etwas Kaltes und Hartes an seiner Seite. Er wußte, es war ein Schwert. Hinter sich konnte er das Donnern von Hufen vernehmen. Er wandte seinen Kopf und sah die schattenhaften Gestalten seiner Begleiter, die grimmig hinter ihm herritten. Einer von ihnen schloß zu ihm auf. Die Nacht war voll der Sterne und schwarzer Schatten, die dunklen Berge umschlossen sie. Der Hufschlag hallte von ihren Wänden, da sie in ein enges Tal hineinritten.

»Gwythyr!« rief der junge Mann, der jetzt an seiner Seite ritt. »Es ist besser, wenn wir absteigen und uns leise an sie heranschleichen.«

»Ich schleiche mich an niemanden heran,« antwortete er stolz. »Der Herr Gwynn mag als Dieb in der Nacht kommen – ich aber werde ehrlich kämpfen und Creiddylad auf ehrenhafte Weise zurückgewinnen.«

»Gwythyr!« rief der junge Mann wieder. Doch Gwythyr gab seinem Pferd ungehalten die Sporen und preschte vorwärts.

Ach! Kyledyr, Sohn des Nwython, wenn dein Freund und Zechkumpan in jener schrecklichen und blutigen Nacht nur auf dich gehört hätte!

Unversehens regneten Pfeile von den Sternen herab. Felsbrocken polterten von den hochragenden Zinnen der Schlucht, in die sie so sorglos hineinritten. Gwythyr hörte das Schlachtroß seines Freundes vor Schmerz aufschreien und kehrte um, ihm zu helfen, doch in dem finsteren mahlenden Strudel aus Pferdefleisch, kaltem Eisen und wirbelnden Armen konnte er ihn nicht finden. Gwynns Männer kamen aus jedem Schatten hervorgesprungen. Sein Schädel barst fast von dem Schreien und dem Klirren von Eisen auf Eisen.

»Gwynn ap Nudd!« brüllte er. »Zeige dich! Frauenräuber! Entehrt unter Göttern und Menschen!«

Doch Gwynn ap Nudd zeigte sich Gwythyr, Sohn des Greidyawl, in dieser Nacht nicht. Und mochte er sein Schwert auch noch so sehr schwingen und sein Roß hierhin und dorthin wenden, im Morgengrauen sah sich Gwythyr allein in der Schlucht, die Hälfte seiner Männer lagen tot um ihn her, die andere Hälfte war von Gwynn gefangen genommen.

Tränen der Wut brannten in seinen Augen.

»Gwynn,« schrie er, sich auf die Brust schlagend. »Warum nicht mich! Warum nicht mich!«

Doch Gwynn wußte, Gwythyr seinen Gefährten zu nehmen, wie er es getan hatte, würde seinem Feind mehr Schmerzen bereiten als jede Wunde, so tief sie auch sein mochte. Und Kyledyr, Sohn des Nwython, Gwythyrs engster Freund, den er über alles liebte, war Gwynns größter Preis.

Plötzlich wurde Lukas mit einem Ruck wach. Bruder Peter beugte sich über ihn und schüttelte ihn.

»Lukas, was ist los? Was ist los mit dir?« rief der gütige Mönch aus. »Wach auf! Wach auf!«

Lukas begann unbeherrscht zu zittern. Er sah sich immer wieder um, erwartete, jene fürchterlichen Leiber auf dem blutgetränkten Boden liegen zu sehen. Alles, was er sah, waren jedoch die hölzernen Pritschen, fahles Licht, das durch die Tür des Dormitoriums hereinfiel, und Bruder Peters besorgtes aber freundliches Gesicht über sich.

»Kyledyr,« keuchte Lukas.

»Wer?« fragte Bruder Peter.

»Kyl...« aber die Erinnerung verblaßte, der Name seines Freundes entglitt ihm. »Matthias,« flüsterte Lukas. »Wie geht es ihm?«

»Matthias ist wohlauf,« sagte der Bruder lächelnd. »Wir haben ihm noch nicht gestattet, aufzustehen; aber das wird nicht mehr lange dauern.«

»Darf ich zu ihm?« Lukas dachte an Matthias, irgendwo in seinem Hinterkopf zerrte und zog hingegen noch eine andere Erinnerung an einen Freund...

»Ja, natürlich kannst du zu ihm. Er hat nach dir gefragt.« Bruder Peter war erleichtert, daß Lukas nun wieder er selbst zu sein schien. Er war ins Dormitorium gerufen worden, als die anderen ihm berichtet hatten, Lukas würde in seinem Bett um sich schlagen und mit einer Stimme schreien und fluchen, die sich gar nicht wie seine anhörte. Und er sei nicht wach zu bekommen. Der Mönch hatte ein Gebet zur Geisteraustreibung gesprochen, und der junge Mann hatte sich beruhigt. Als Peter sicher war, es ungefährdet tun zu können, hatte er Lukas geweckt. Jetzt, da er seine mit Schweiß durchnäßten Haare und Kleider sah, war ihm klar, daß er bei der nächsten Gelegenheit ein ruhiges und ungestörtes Gespräch mit ihm führen mußte. Etwas beunruhigte ihn. Irgend etwas war sehr in Unordnung.

Als Lukas bei Matthias war, fragte er ihn, was er von Bruder Collen hielt. Der Junge erzählte, wie er sich neben ihm niedergekniet und ihm die Hände auf die Brust gelegt hatte. »Es war sehr merkwürdig,« sagte er. »Ich fühlte mich sehr ruhig und friedlich, und seine Hände wurden sehr heiß und wirkten wohltuend. Er ließ sie einfach eine endlose Zeit auf mir liegen, und ich mußte kein einziges Mal husten. Fühlte mich einfach friedvoll und warm und wie im Halbschlaf. Ich erinnere mich...« Er stockte.

»An was erinnerst du dich? Erzähle mir alles.«

»Ich erinnere mich, wie ich... an dich dachte... im unterirdischen Gang. Ich war nicht so verängstigt wie sonst, aber vermutlich doch ein bißchen furchtsam. Ich sah dich nur auf eine Art in dem Tunnel... mit einer Lampe... etwas suchend. Und als ich das dachte, da sagte... sagte er: ›Denk nicht an Lukas im unterirdischen Gang, Kind. Ich werde dafür sorgen, ihn da wieder sicher herauszuholen. Denke an das Leben, das dir gegeben wurde... denke darüber nach, was es bedeutet, daß einem die Gabe des Lebens gegeben worden ist.‹«

»Willst du sagen, du hast nur an mich *gedacht* – und er wußte, was du dachtest?«

»Ja. Er antwortete auf das, was ich gedacht hatte so, als hätte ich es laut ausgesprochen.«

»Was noch?«

»Ich hatte auf einmal Angst... Ich wollte sterben, weil ich mich so schlecht fühlte und weil es mir vorkam, als sei ich für alle nur eine Last. Der Vater Abt hat gesagt...«

»Vergiß, was der Vater Abt gesagt hat!« unterbrach Lukas ihn zornig.

»Und dann, als Bruder Collen mir sagte, ich solle ans Leben denken, da begann ich, all die Dinge zu sehen, die ich tun wollte, und bekam furchtbare Angst, nicht mehr zu leben und sie tun zu können. Ich weiß, wie ich dachte – jetzt fühlte ich mich wohl mit seinen auf mir ruhenden Händen, was aber, wenn er fort war und der schreckliche Schmerz und der Husten wiederkamen... wie sollte ich das aushalten. ›Hab keine Angst,‹ sprach er plötzlich. ›Hab niemals Angst. Der Geist ist bei dir. Halte dich an seine Kraft. Vertraue auf das, was er für dich tun kann.‹«

»Welcher Geist? Hat er ihn beim Namen genannt?«

»Nein. Ich weiß, daß ich das selbst auch gedacht hatte... und er sagte unversehens: ›Wenn es dir hilft, dem einen Namen zu geben, was namenlos ist – tu es –, aber vergiß niemals, das, dem du einen Namen gegeben hast, ist ein Mysterium, machtvoll und gewaltig über alles hinaus, was der Mensch sich vorstellen kann, und der Name, den du ihm gegeben hast, gehört zu dir und nicht zu Ihm.‹«

Lukas hörte gebannt zu.

»Bist du sicher, daß du all diese Sachen nicht laut gesagt hast?« fragte er.

»Ganz sicher – denn hinterher fragte ich Bruder Owen, und der sagte, ich habe die ganze Zeit nichts gesagt.«

Von der Anstrengung des vielen Redens fing Matthias wieder an zu husten. Doch Lukas merkte, daß es bei weitem nicht so schwer und langanhaltend war wie das Husten am Tag zuvor. Er enthielt sich weiterer Fragen an Matthias und saß still neben dem Jungen, mit seinen eigenen Gedanken beschäftigt. Es war Matthias, der zuguterletzt das Schweigen brach und nun seinerseits fragte, was Lukas widerfahren sei. Nach und nach berichtete Lukas von seinen merkwürdigen Erlebnissen. Als Lukas auf den Traum mit den galoppierenden Pferden zu sprechen kam, auf die dunkle Schlucht und den Hinterhalt, begann Matthias zu zittern und so verängstigt auszusehen, daß Lukas abbrach.

»Was ist los?«

Matthias schüttelte den Kopf und sagte, er wüßte es nicht. Aber es war klar, die Geschichte des Traums fand in seiner weit zurückreichenden Erinnerung einen Widerhall.

»Erzähl weiter! Erzähl weiter!«

»Ich entsinne mich, allein gewesen zu sein mit dem schrecklichen Gefühl, daß es meine eigene Torheit gewesen war, die meinen Freund Kyledyr, Sohn des Nwython, in die Hände meines Feindes gegeben hat, in die Hände von...« Die Namen fielen ihm jetzt leicht ein. Doch bevor er den Satz beenden konnte, war Matthias bebend am Schluchzen.

»Was ist los? Was ist, Matt?«

»Ich weiß es nicht. Ich weiß es nicht,« schluchzte Matthias. »Es ist dieser Name, der mich erschauern läßt... Oh Gott, vergib mir... Ich wußte nicht... Vergib... Vergib...«

»Matthias! Es war nur ein Traum!« Und in seinem Bemühen, Matthias zu beruhigen, überzeugte er fast sich selbst, es sei nur ein Traum gewesen.

Bruder Andreas kam geschäftig ins Zimmer. Da sah er Lukas auf der Bettkante bei Matthias sitzen. Er hielt den jungen Burschen, der völlig aufgelöst weinte, in seinen Armen.

»Was um Himmels Willen...?« Bruder Andreas eilte zu ihnen und stieß Lukas beiseite. »Was hast du ihm erzählt? Als ich wegging, war er fast gesund. Und jetzt – sieh ihn dir an!« Das Schluchzen hatte Matthias wieder stark zum Husten gebracht.

»Ich habe ihm von meinem Traum erzählt,« sagte Lukas.

»Der Traum, der *dich* zum Schreien gebracht hat!« rief Bruder Andreas ärgerlich. »Bist du nicht bei Trost?«

Lukas fühlte sich auf einmal ganz erschöpft und mochte schier verzweifeln. Er wurde von Kräften getrieben, die er nicht beherrschte, und in seinem Hinterkopf rumorte und quälte ihn etwas... ein altes Schuldgefühl... Kyledyr, Sohn des Nwython... Warum dröhnten diese Namen in seinem Schädel... dröhnten in seinem Schädel...

Andreas gelang es, Matthias zu beruhigen und ihm einen Nesselsud einzuflößen, um seinen Husten zu lindern, und anschließend einen Kamillentee zur Beruhigung.

»Was er jetzt am allermeisten braucht,« hatte der Einsiedler gesagt, als er ging, »ist Schlaf und Ruhe. In ein paar Tagen wird er wieder herumlaufen. Wenn er etwas gekräftigt ist, möchte ich ihn wieder sehen...«

Es war eigenartig gewesen, Collen wiederzusehen, dachte Bruder Andreas, als er die Decken unter Matthias feststopfte. Seine Wirkung auf den Jungen war unmittelbar und tiefgreifend. Andreas hatte Matthias noch nie so friedvoll erlebt. Merkwürdig, wie es einem solchen Feuerbrand, selbst so streitlustig und unruhig, gelang, anderen Frieden zu bringen. Er erinnerte sich an die Zeit, als Collen der Vater Abt des Klosters gewesen war. Wie hatten sie ihn geliebt und gehaßt. Wie hatte er ihre stille Eintönigkeit durcheinander gebracht und geistig mehr von ihnen gefordert, als sie zu geben fähig waren. Mehr als einmal hatte es zorniges Gemurre unter ihnen gegeben. Schließlich hatte es eine Auseinandersetzung gegeben, als Bischöfe und Äbte aus anderen Klöstern zu Besuch waren. Collen hatte seine Beherrschung verloren (wie so häufig) und sie alle, selbst die Würdenträger, beschuldigt, sie seien Heuchler und Scheinheilige... »geweißte Grüfte« waren seine Worte... und er war nach draußen gestürmt, um nie wieder gesehen zu werden, bis Lukas ihn als Einsiedler wiedergefunden hatte, der im Wald am Fuß des Felsberges lebte.

Keiner der Brüder hätte es gerne zugegeben, aber viele von ihnen vermißten den Mann. Während seiner kurzen Regentschaft waren sie oft aufgebracht, wenn seine Lehren sie verstört und durcheinander gebracht hatten; dennoch hatten sie einen großen Reiz gehabt. Er gebrauchte Worte, die sie in einer neuen Weise auf die Dinge schauen ließen, die sie als selbstverständlich hingenommen hatten. Andreas erinnerte sich seines Gefühls echter Erregung, das er gehabt hatte, das Gefühl, Gott sei unmittelbar und absolut in der Kapelle gegenwärtig, wenn Vater Collen seine herrlichen, dichterischen Gebete hinausbrüllte... jedes verschieden, jedes auf den Augenblick passend. Doch die Verwaltung des Klosters hatte ihn gelangweilt. Es war wirklich kein Wunder, daß seine Ungeduld schließlich die Überhand gewann.

Für einen Tag und eine Nacht ließ man auch Lukas im Krankensaal. Es war klar, er war krank. Trotz der Fürsorge, die man ihm angedeihen ließ, wurde er immer blasser und dünner, die Ringe unter seinen Augen dunkler. Er fürchtete sich vor den Nächten, wollte nicht schlafen aus Angst, die merkwürdigen Träume würden ihn wieder heimsuchen. Er wollte zum Erzengel Mik-hael beten, von dem man sagte, er schütze vor Dämonen, konnte seine Gedanken aber nicht sammeln. Ein oder zwei Mal hatte Matthias versucht, das Gespräch auf die geheimnisvollen Ereignisse zu bringen, doch Lukas wollte nicht mehr darüber reden. Es war, als meinte er, wenn er sie nicht erwähnte, würden sie seinen Gedanken entfliehen. Matthias verstand es. Auch er redete sich ein, die furchtbaren Gefühle der Schuld und des Leidens, die er durchlebt hatte, als Lukas »jenen Namen« erwähnt hatte (Matthias wagte nicht, ihn auszusprechen, noch nicht einmal in Gedanken), »bloß« Einbildung gewesen waren.

Als Lukas eine Woche im Bett lag und kein Zeichen der Besserung eintrat, wurde Bruder Collen gerufen, um nach ihm zu sehen.

»Wie lange willst du dich verstecken?« fragte Collen barsch, sobald er den jungen Mann unter seiner handgewebten Decke zusammgekrümmt liegen sah, nur der braune Haarschopf und die braunen Augen schauten heraus.

Lukas drehte sein Gesicht zur Wand und dem Einsiedler den Rükken zu.

»Steh auf,« befahl Collen. »Das ist kein Benehmen!«

»Ich bin krank,« jammerte Lukas mit schwacher Stimme.

»Unsinn,« war die Antwort. »Du hast Angst.«

Lukas drehte sich um und sah zu ihm auf.

»Hättest du keine Angst?« fragte er.

»Die hätte ich,« sagte Collen. »Aber ich wäre auch neugierig.«

Lukas seufzte und setzte sich auf, warf seine langen Beine über die Bettkante. Collen sah, daß er abgenommen hatte, aber seine Augen waren jetzt klarer als vorhin, als er hereingekommen war.

»Du bist kurz davor, so vieles zu verstehen,« sagte Collen. »Du kannst jetzt nicht aufgeben.«

»Ich kann nichts mehr so sehen wie zuvor,« sprach Lukas traurig. »Alles scheint anders zu sein.« Es verwirrte ihn, daß Erscheinungen so trügerisch waren und er nicht mehr wußte, wer er war.

Collen sah ihn genau an.

»Ich kann hier nicht bleiben,« sagte Lukas schließlich. »Ich muß fort.«

»Du wirst niemals frei sein, wenn du dich nicht dem stellst, was jetzt vor dir liegt,« warnte ihn Collen.

»Ich weiß. Aber ich kann nicht im Kloster bleiben. Ich kann nicht meine Gelübde ablegen, Ich kann dieses Leben nicht führen.«

Collen schwieg eine lange Zeit still.

»Wenn du mit mir kommst, werde ich dir etwas zu tun geben,« sagte er schließlich.

»Ich werde arbeiten.« Aus Lukas' Gesicht sprach die Erleichterung, die er empfand.

»Ich werde dir nicht helfen, davonzulaufen.«

»Ich weiß.«

»Dann komm,« sagte Collen mit rauher Stimme und wandte sich zum Gehen.

Doch in diesem Augenblick kam der Abt zur Tür herein.

»Was hat das zu bedeuten?« sagte er kühl und sah den jungen Mann fest an, der im Begriff war, mit dem Einsiedler fortzugehen.

Collen warf Lukas schnell einen schiefen Blick zu, verbeugte sich kurz und etwas spöttisch vor dem Abt und ging stracks an ihm vorbei und zur Tür hinaus.

Einen Augenblick war er aus Angst vor diesem Mann unschlüssig, dann aber wußte Lukas, wenn er jetzt nicht seinen Standpunkt vertrat, dann niemals. Er erhob sein Kinn und sah dem Abt geradewegs in die Augen.

»Vater, ich habe meine Gelübde noch nicht abgelegt, und ich habe auch nicht mehr die Absicht. Ich bin dankbar für die Fürsorge, die ihr mir habt angedeihen lassen, doch ich weiß, dies ist nicht meine Berufung, und ich werde euch nicht länger zur Last fallen.«

Das Gesicht des Abtes wurde puterrot. Er hatte Lukas nie gemocht, doch hätte er es vorgezogen, ihn selbst aus dem Kloster zu entfernen, anstatt daß dieser junge Mann auf diese unverschämte Weise von sich aus Abschied nahm.

»Du hast uns Schwierigkeiten gemacht, seit du zu uns gebracht wurdest,« schnappte er. »Du hast den Herrn abgelehnt und der Herr hat dich zurückgewiesen.«

Das waren fürchterliche Worte, und Lukas verlor fast die Fassung. Wenn der Herr ihn abwies – wo in der Welt würde es einen sicheren Ort geben? Doch dann fiel ihm Collen wieder ein, und da wußte er, daß der Herr niemanden abwies – und daß es einen anderen Weg gab, den Herrn anzuerkennen, als Regeln und Vorschriften zu beachten und einem ungerechten Mann zu gehorchen.

Er beugte ernst den Kopf. In seinem Herzen beugte er sich dem Herrn, aber der Abt meinte, er verbeuge sich vor ihm.

»Du wirst deine Zeit in Demut und Reue ableisten,« sprach er streng, »und wenn ich zu dem Schluß komme, daß du tatsächlich nicht für die Arbeit des Herrn taugst, dann werde ich dich an dem Tag entlassen, der für deine Gelübde vorgesehen war.«

»Nein,« sprach Lukas mit plötzlicher Kühnheit. »Verehrter Vater Abt, ich werde heute gehen.« Mit diesen Worten schritt er an ihm vorbei und zur Tür hinaus.

Im Flur bemühte er sich, nicht zu rennen oder über seine Schulter zu blicken. Sein Herz klopfte unbarmherzig in seiner Brust. Als er an der Tür des Dormitoriums vorbeiging, in dem er so viele Nächte verbracht hatte, warf er einen Blick hinein. Dort sah er Bruder Collen neben Matthias knien, der auf seinem Bett lag. Seine Hand ruhte eben über seiner Brust. Der Raum war sehr still, stiller als nur ein Raum, in dem es keine Geräusche gab. Es war, als stünde die Zeit still, und Lukas betrachtete den Mann auf seinen Knien, den Mönch neben ihm und den Jungen im Bett, als wären sie alle Teil eines entfernten Bildes.

Niemand sagte etwas. Nichts schien zu geschehen. Da war eine Atmosphäre von wunderbarem, ruhevollem Frieden. Bruder Collen selbst hatte sich fast unmerklich verändert. Es würde Lukas schwerfallen, das jemandem zu beschreiben, der dessen nicht selbst Zeuge geworden war. Collen schien jemandem zu lauschen, den alle anderen von ihnen nicht sehen noch hören konnten.

Schließlich stand er auf, und Matthias öffnete die Augen und sah zu ihm auf. Er hatte endlich sogar Farbe in den Wangen, und er lächelte.

Collen stellte sich langsam gerade, wobei er den jungen Burschen mit unendlicher Zärtlichkeit ansah, und dann schlug er das Kreuz über ihm. Der neben ihm stehende Mönch sagte etwas zu Bruder Collen, dieser antwortete und wandte sich darauf zum Gehen.

Gemeinsam gingen Lukas und Collen von dannen, keiner von beiden sprach ein Wort …

Die Herausforderung

Gwynn ap Nudd, Herr von Annwn, stand auf dem Gipfel des Felsberges und blickte mit Falkenaugen auf das liebliche Bild, auf Wald, Wasser und Schilf, die sich unter ihm in allen Richtungen ausdehnten. Wasservögel flogen nach Hause.

Am Himmel über ihm dämmerte der Abend, doch er sah ihn nicht sich drehen und kreisen wie Lukas, noch spürte er die Erde im Einklang mit ihm sich bewegen.

Gwynns Gesichtsausdruck war grimmig.

Die alten Tage waren nun bald dahin. Er, einer der mächtigen Herrn der Unterwelt, Anführer der Wilden Jagd, äußerst gefürchteter Verführer der Seelen, war von der neuen Religion zur Seite gestoßen worden, als sei er ein Spielzeug, für das die Kinder zu alt geworden waren. Er würde es diesen Mönchen mit ihrem immerwährenden Chor zeigen! Ihre Gebete beraubten ihn seiner Herrlichkeit, stahlen ihm seine Opfer, legten sein friedloses Herz in Fesseln.

Mit König Arthur hatte es begonnen, dem Gottkönig der alten Tage. Gwynn hatte sich entschieden, als Prinz und Gefolgsmann mit ihm zu reiten, obgleich er als Sohn von Nudd der Silberhand selbst von Rechts wegen ein Ebenbürtiger war. Die frühen Tage waren großartig. Kein Mond hatte seinen Lauf vollendet ohne eine Herausforderung oder ein Abenteuer, welche das Herz eines Dichters mit Freude erfüllt hätten. Große Taten wurden vollbracht mit jedem Atemzug. Wie hatte er sich erfreut an der Kameradschaft, an den Schlachten, der Jagd und der Suche! Arthur selbst war mit Gwynns Jagdhunden über den Himmel geritten, und es hatte ihm nichts ausgemacht, so manche Seele zu jagen in jenen Tagen. Wenn Arthur in Not war, hatte er Gwynn um Hilfe gebeten. Er hatte ihm ohne Zögern seine Unterstützung gewährt, als der Riese Ysbadden von Arthurs jüngerem Vetter, Culhwch, verlangte, unmögliche Heldentaten zu vollbringen, um seine Tochter Olwen zu erlangen. Und dann, als Gwynn selbst eine Frau zu eigen haben wollte und sich eine genommen hatte, in ehrlichem Kampf gewonnen, hatte sich Arthur gegen ihn gewandt.

Gwythyr! Das war der Name, den er suchte. Sein Nebenbuhler. Gwynns Gesicht verzerrte sich. Er hatte geglaubt, er hätte ihn erledigt, und nun war er doch wieder da, verhehlt in der Gestalt eines jungen Mönches, der vorgab, nicht zu wissen, wer er war.

Gwynn hatte Creiddylad zum ersten Mal gesehen, als sie den Gästen ihres Vaters in der großen Halle ihres Vaters Wein kredenzte. Sie hatte sich von Gast zu Gast bewegt mit der Anmut einer Sommerbrise im Korn. Er hatte sie sich niederbeugen und sich drehen gesehen, den schweren Krug mit Leichtigkeit schwingend und keinen Tropfen verschüttend. Ihr goldenes Haar floß locker von einem goldenen Stirnband herab, ihre Wangen leuchteten rot von Gesundheit, ihre Lippen lächelten und sie grüßte jeden Gast mit seinem Namen und freundlichen Worten, als sie jeden Becher füllte. Er erinnerte sich, daß es ihm eine Ewigkeit schien, bevor sie zu ihm gelangte, und dann hatte er ihren linken Arm ergriffen, als sie mit dem rechten eingoß, und in ihre Augen geblickt. Aus seinen Augen war unmißverständliches Begehren zu lesen. Das offene Lächeln, das sie so frei zu geben bereit war, verblaßte, und ein Schatten zog über ihr sonniges Gesicht wie eine Wolke über ein blühendes Feld.

»Herr?« fragte sie ruhig, ihren Arm hinabblickend, wo seine harte Hand so tief und schmerzhaft zupackte.

Er sprach ihren Namen sanft, kaum hörbar gehaucht, ließ sie aber nicht los.

»Herr!« sagte sie wieder, diesmal mit einem Anflug von Verärgerung in ihrer Stimme.

Langsam löste er seinen Griff, und sie schlüpfte fort von ihm. Doch er ließ sie nie aus den Augen, und immer wieder rief er danach, daß sein Kelch wieder gefüllt werde. Jedesmal kam sie widerstrebend zu ihm, durch das Gesetz der Gastfreundschaft gebunden. Jedesmal waren ihre Blicke gesenkt, und so sehr er sich auch darum bemühte, sie erhob ihren Blick nicht. Er berührte sie nicht mehr körperlich, doch jedesmal wenn sie vor ihm stand, spürte sie seine Berührung.

Nach jenem Abend ritt er nicht von dannen, wie er es vorgehabt hatte, sondern verweilte am Hof ihres Vaters, brüstete sich wie die anderen jungen Krieger seiner Heldentaten, lauschte den Geschichten der Barden, feierte und trank. Creiddylad versuchte, ihm aus dem Wege zu gehen, doch konnte sie es nicht. Sie war immer höflich zu ihm, doch nie warmherzig.

Er sah, wiewohl sie ihn floh, so weilte sie immer bei einem anderen jungen Mann, Gwythyr, Sohn des Greidyawl. Er sah auch, daß sie dessen Augen nicht auswich, so wie den seinen. Er sah, sie suchten sich in die Augen zu schauen, selbst wenn sie an den gegenüberliegenden Seiten eines Raumes waren.

Die Zeit des Frühlingsfestes kam heran. Die Krieger machten sich bereit, die rauchige Halle zu verlassen. Mit den Heldengeschichten noch in den Ohren, waren sie begierig, sich selbst zu Abenteuern aufzumachen. Doch zuvor mußte die Zeremonie abgehalten werden, um das Sprießen der Erde sicherzustellen. Creiddylad war erwählt, die Jungfrau Erde darzustellen, und Gwythyr, den belebenden Samen der Sonne darzubringen.

Mit schwelendem Groll sah Gwynn den Vorbereitungen zu. Lange genug hatte er als gewöhnlicher Mensch gelebt. Er war des Spieles müde. Er würde seine uralten Kräfte einsetzen, um sich die Frau, die er begehrte, zu holen. Er ließ Gwythyr falsche Botschaften schicken und veranlaßte ihn, den Ort, wo die Vorbereitungen stattfanden, zu verlassen. Dann nahm er die Gestalt von Gwythyr an, so gekonnt, daß niemand den Unterschied bemerkte. Niemand außer Creiddylad.

Als er seinen Platz in dem Umzug einnahm, sah sie sich nach ihm um. Ihre Blicke trafen sich, und sie wußte sofort, daß er es war.

Sie schrie auf und weigerte sich, im Umzug weiterzugehen. So sehr ihr Vater auch schimpfte und ihr gut zuredete, sie würde keinen weiteren Schritt den heiligen Berg hinauf tun, solange er dabei war. Die Maske war so vollkommen, daß die anderen dachten, sie sei verrückt geworden, und versuchten, sie zu zwingen, ihn anzunehmen – doch die Ablehnung gegen ihn war so stark, daß er bald zornig wurde, und in seinem Zorn verlor er die Beherrschung über den Zauber, der ihm Gwythyrs Gestalt bewahrte.

Erstaunt sahen seine Gefährten, wie sich sein Gesicht vor Wut in einer Weise verzerrte, wie sie es bei Gwythyr noch nie gesehen hatten – seine Augen schwärzten sich; seine Nase wurde länger; seine Größe änderte sich. Schließlich entlarvt – ein wütender und gewalttätiger Mann, dessen Pläne durchkreuzt und vereitelt waren.

Das letzte, was er an diesem Tag von Creiddylad sah, war, wie sie weinend von ihren Freundinnen fortgeleitet wurde, während er, der mächtige Herr, von der Gemeinde wie ein gemeiner Verbrecher davongejagt wurde.

So hielten sie ihr feines Fest ohne ihn ab, und er konnte bei dem Gedanken, wie Gwythyr in ihren vollkommenen Körper eindrang, nur mit den Zähnen knirschen.

Eine Zeit lang schmollte er, zog sich in sein Reich zurück, ruhelos, verbittert, enttäuscht. Er war es nicht mehr zufrieden, der zu sein, der er war. Er war nicht mehr zufrieden mit der körperlosen Geisterwelt. Er sehnte sich nach der Berührung von Fleisch, den Aufregungen und rohen Freuden der Menschenwelt.

In der Nacht vor der Hochzeit von Creiddylad und Gwythyr, da schaute ein Hütejunge, der der Geburt eines Kalbes beiwohnte, erschrocken auf. Ein dunkler Wind hatte sich aus dem Nichts erhoben und fegte heulend durch den Wald, brach starke Äste wie Zweige, riß Bäume aus, die über Jahrhunderte fest in der Erde gestanden hatten. Die Fensterläden am Haus von Creiddylads Vater wurden hastig zugezogen, doch das Tor wurde für die Gäste, die man erwartete, offen gelassen. Und durchs Tor ritt Gwynn ap Nudd auf seinem schwarzen Schlachtroß, seine Meute umtobte ihn bellend und kläffend, und seine Krieger waren ihm zur Seite.

Creiddylad wurde ergriffen und entführt.

Gwynn konnte noch immer die Flüche ihres Vaters in seinen

Ohren schallen hören und den Namen Gwythyr, den Boten riefen, damit er Creiddylad rette.

Er hätte sie auf der Stelle in sein Reich mitnehmen können, und dort hätte man sie niemals gefunden, wenn er nicht als Mann mit ihr als Frau hätte Liebe machen wollen.

Er ritt, bis er glaubte, außer der Reichweite der Verfolger zu sein, und schlug dann sein Lager auf. Zerzaust und zornig entließ er Creiddylad aus seinem eisernen Griff, und sie taumelte zu Boden. Sofort war sie wieder auf den Beinen, spie vor ihm aus. Sie versuchte wegzulaufen, doch in der Schwärze der Nacht war keine Zuflucht und zu viele Männer, sie wieder einzufangen. Sie strich ihre Kleider glatt und drängte sich so weit wie möglich ans Feuer. Als man ihr Speise und Trank anbot, schleuderte sie es von sich. Als er sich nach ihr ausstreckte, wurde sie steif, und er konnte keine Freude an ihr haben.

Im Morgengrauen brachten seine Wachen ihm Nachricht, daß Gwythyr und seine Mannen auf die Schlucht zu ritten. Er band Creiddylad an einen Baum und donnerte mit seinen Leuten davon. Dann folgte die Schlacht in der engen Schlucht, und Gwythyrs Leute wurden kurz und klein geschlagen. Jene, die nicht getötet wurden, nahm man gefangen. Nur Gwythyr selbst überlebte – gebrochen, geschlagen, hilflos, so humpelte er tief beschämt zu Creiddylads Vater zurück. Gwynn hatte ihn absichtlich verschont, wollte, daß er lebte und für seine Männer leidete.

Unter den Gefangenen, die Gwynn nahm, waren Kyledyr, Gwythyrs bester Freund, und Nwython, Kyledyrs Vater.

Gwynn hatte Creiddylad nicht erzählt, daß Gwythyr noch lebte; sie hielt ihn für tot. Als Gwynn zu ihr zurückkehrte, brannte der Haß in ihren Augen so stark, daß selbst er sie nicht zu berühren wagte.

»Mit der Zeit,« dachte er, »mit der Zeit...«

Und er widmete sich der Bestrafung seines verhaßten Nebenbuhlers, dem noch immer die Liebe der Frau gehörte, die er begehrte.

Er nahm Nwython, Kyledyrs Vater, und schnitt ihm das Herz heraus. Daraufhin täuschte er Kyledyr, daß er es aß. Als der Jüngling erfuhr, was er getan hatte, und Gwynn zögerte nicht lange, es ihm zu sagen, da wurde er vor Schreck und Schuld wahnsinnig. Da sandte

Gwynn ihn zu Gwythyr zurück, einen lallenden Idioten mit glanzlosem Haar, wilden Augen und bluttriefendem Mund, da er sich fortwährend auf die Zunge biß. Ein Späher trug diese Nachricht sogleich Arthur zu, und unversehens wurde er, Herr von Annwn, zum zweiten Mal geschmäht und entehrt. Arthur kam herbeigeritten mit einer großen Truppe, schlug Gwynns Leute und befreite die Gefangenen. Er erklärte, da Gwynn das Mädchen in der Schlacht gewonnen hatte, solle sie nicht dem Verlierer zurückgegeben werden. Doch konnte auch Gwynn, dem Sieger, nicht gestattet werden, sie zu behalten. Das Urteil, das Arthur sprach, lautete, sie solle keinem von beiden gehören.

Creiddylad wurde zum Haus ihres Vaters zurückgeleitet, und dort sollte sie bleiben.

Gwythyr war davongeritten. Er achtete das Urteil, und bald wurden solch edle Taten von ihm berichtet, daß Gwynn befürchtete, Arthur könne seinen Sinn wandeln und ihm schließlich doch Creiddylad zusprechen. Es wurde berichtet, eines Tages sei Gwythyr, der durch die Berge ritt, an ein Buschfeuer gelangt, und er wäre weitergeritten, hätte er nicht Weinen und Schluchzen aus einem Erdhügel gehört. Er sah, wie Millionen von Ameisen eingeschlossen waren und im Feuer geröstet wurden. Sofort stieg er ab und ging durch die Flammen, ungeachtet der Gefahr für sich selbst, schlug um den Ameisenhaufen eine Schneise und befreite ihn so vom Feuer.

Gwynn seinerseits wollte das Urteil nicht annehmen, und jedes Jahr, wenn der Saft in den Bäumen zu steigen begann, ritt er ein durch das große Tor ihres Vaterhauses und forderte sie auf, mit ihm zu kommen.

Jedes Jahr zur gleichen Zeit kehrte Gwythyr in Erinnerung an die kurze Blüte ihrer Liebe zu dem Berg zurück, der das Haus ihres Vaters überragte, und blickte sehnsuchtsvoll von weitem zu den Fenstern ihres Zimmers.

Jedes Jahr bestürmte Gwynn sie, und jedes Jahr verteidigte Gwythyr sie. Tränen rannen aus Creiddylads Augen so zahlreich wie Frühlingsregentropfen, die die Erde zum Blühen brachten.

Eines Tages kam Gwynn auf den Winterstürmen hereingeritten und ergriff Creiddylad, bevor Alarm gegeben werden konnte. Er verließ die Menschenwelt und kehrte mit ihr in sein Reich zurück.

Doch noch immer wies sie ihn ab: eine Gefangene, keine Gemahlin; stets eine Feindin, niemals eine Frau.

Wie die Jahrhunderte dahingingen und er auf dem Felsberg stand, auf die Welt hinausblickend, gärte in ihm die Unzufriedenheit. Die Boote, die die Seelen zu ihm übersetzten, waren jetzt öfter leer als voll. Die Christen mit ihrem Gott zogen die Menschen von ihm fort und nahmen sie zu einem eigenen Königreich. Er brütete über die Macht, die er verlor, und die Macht, nach der ihn verlangte. Die Welt der Menschen hatte sich in den Jahrhunderten verwandelt. Nun, auch er hatte sich verändert! Er war nicht untätig gewesen, während die Mönche ihre Lieder sangen. Er hatte den Plan, ihnen die Welt zu entreißen, und jetzt war er fast bereit dazu. Ihr Gott sagte, Glaube könne Berge versetzen. Er glaubte, er könne den Lauf der Welt ändern.

Er dachte an die graue Gestalt in der Höhle, unglaublich alt, des Lebens müde, doch noch immer am Leben, weil er es so wollte. Sein Sieg wäre nichts wert, wenn sie nicht seiner Zeuge würde.

Doch noch eines brauchte er, und dann würde er in der Lage sein, die alte Ordnung zu zerstören und seine eigene zu schaffen, ohne daß er selbst dabei vernichtet wurde.

Gwynns Augen waren hart und finster, als er über das dunkle Land starrte. Die Sonne war untergangen, als er den Gipfel betrat. Das letzte schwache Licht über dem westlichen Horizont verglomm nun, und er war ein finsterer Mann, der in der Finsternis stand.

Er blickte drohend zu den Sternen hinauf. Er war sicher, der Schlüssel, den er brauchte, lag dort in jenen riesigweiten Sternenmustern.

Auf der Erde konnte er jede Form nach seinem Willen verändern. Er konnte die Erde mit Sturm und Hagel schlagen. Doch der Schlüssel, der das ganze als Ganzes zusammenwirken ließ, entzog sich ihm ständig. Er konnte das Eine verändern, doch damit griff er auf ein Anderes ein, welches dann in einer solchen Weise reagierte, daß – im besten Fall – das Ergebnis zunichte war und – im schlimmsten Fall – gefährlich und zerstörerisch. Das Geheimnis,' das alles im Gleichgewicht und im Einklang hielt, war noch immer ein Mysterium. Er wußte, wenn er seinen letzten großen Versuch unternahm, seine höchste Anstrengung, das Weltenall zu ändern, damit es ihm untertan sei, wenn er dann dieses Gleichgewicht nicht erreichen würde, dann würde er das All zerstören, nicht verwandeln.

Er kam zu der Überzeugung, die Sterne enthielten den Schlüssel zu dem Geheimnis.

Die Alten hatten die Sterne erforscht und herausgefunden, daß sie alles , was auf der Erde geschah, beeinflußten.

Wenn er, Gwynn, die Bewegung der Sterne seinem Willen unterordnen konnte, wenn es ihm gelang, die alten Gestirnsstellungen des Tierkreises zu verändern und die Fäden ihres Einflußes in seine Hände zu bekommen, dann konnte er das Weltenall dazu bewegen, ihm zu folgen, und der unsichtbare Gott, der leiblose Gott, der sogenannte Quell von Liebe und Übereinstimmung, bliebe hilflos und geschlagen zurück.

Er richtete sich zu seiner ganzen Größe auf, bereit für das Werk dieser Nacht. Aber er merkte, daß er sich nicht richtig sammeln konnte. Die Rückkehr Gwythyrs genau zu diesem Zeitpunkt konnte kein Zufall sein. Er hatte Creiddylad wohl verborgen, und ihr Geliebter hatte sie niemals vorher finden können. Jetzt, in diesem Augenblick, da er endlich bereit war, den letzten Schritt zu unumschränkter Macht zu tun, und er keine Ablenkungen gebrauchen konnte, lief ihm Gwythyr, in der Gestalt von Lukas, über den Weg. Warum?

Mit Gwythyrs Anwesenheit am Felsberg und der Ermutigung, die er in dem zudringlichen Mönch Collen und durch Creiddylad selbst erfuhr, konnte er nicht länger warten. Heute mußte die Nacht sein.

Er reckte seine Arme hoch über den Kopf, streckte sie in die Dunkelheit.

»Sterne!« rief er aus, mit einer Stimme wie ein wilder Wind. »Gehorcht mir! Ich, Gwynn ap Nudd, Herr von Annwn, Träger der Kraft, fordere es!«

Die Sterne über ihm flammten auf wie ein Feuer, dem man mehr Nahrung gab. Gewaltig strahlend, schienen sie zu wachsen und zu beben.

Er spürte die Anspannung seiner Kraft und schüttelte sich wie die Erde unter den Krämpfen eines Erdbebens. Sein Wille brach... seine mächtige Gestalt wurde zu einem Nichts. Schweiß lief in Strömen an ihm hinab.

Gefangen in der Flamme einer unirdischen Hitze, schluchzte sein Herz nach Erlösung, während sein Wille noch immer Standhaftigkeit forderte. Er mußte standhalten!

Er mußte standhalten! Nur eine Schwäche jetzt, und es wäre aus mit ihm!

»Ich weiß alles, was ich wissen muß,« schrie er. »Ich werde euch wandeln vom ersten zum letzten, und euer Einfluß auf die Menschen wird mein Einfluß sein!«

Seine Stimme war wie ein Wirbelsturm, und aus dem Herzen des Feuers beschwor er Feuer herauf. Eine weiße Flamme aus Ehrgeiz vernichtete ihn von innen. Die weiße Flamme der Sternenhitze vernichtete ihn von außen.

Er konnte nicht standhalten. Schmerz war in jedem Teil von ihm. Es gabe keine Zuflucht mehr, wo er nicht hinreichte.

Sein Wille hatte die Sterne erreicht, und er hatte sie zu sich gerufen, doch, zu schwach, ihre Kraft zu übernehmen, waren seine Lippen verbrannt und mit Blasen bedeckt, seine Stimme war vor Schmerz verstummt.

Er fiel zu einem Haufen schmerzenden Fleisches und staubigen Stoffes auf dem Boden zusammen.

Über ihm die großen Gestalten des Tierkreises, sie zogen still ihre Bahn, jede an dem Platz, an dem sie immer war...

Der Patient

Wirst du mir jetzt seinen Namen sagen?« fragte Lukas Collen.

Wenn er sich auch an die meisten Ereignisse mit dem Schwert erinnerte und er seinem Freund alles erzählt hatte, was er wußte, so war ihm der Name, den er rief, als er seine Waffe zog, entglitten. Die Erinnerungen von Träumen und Ereignissen aus seinem früheren Leben als Gwythyr waren ihm in seinem Gedächtnis frei zugänglich, fast unauslöschlich. Er hatte manchmal den Eindruck, als sei die Luft von treibenden Samen und Blasen erfüllt, während er, ein blinder Mann, bei dem Versuch, die Samen zu fangen, nur die Blasen fing.

Collen sah besorgt und nachdenklich aus.

»Manche nennen ihn Luzifer, manche einen großen und mächtigen Erzengel des Lichtes – der jetzt ein dunkler und bitterer Schatten ist. In seinem Ehrgeiz forderte er die geheimnisvolle Quelle allen Seins heraus – das Unvorstellbare und Unnennbare. Er hat sich überdehnt. Er fiel. Er verlor alles, was er hatte. Er versucht jetzt nur noch zu zerstören, was er nicht mehr haben kann.«

»Gibt es keine Möglichkeit für ihn, das Licht wiederzugewinnen und zu sein, was er einst gewesen?«

»Der Weg ist stets offen. Aber er muß die Wahl treffen, ihn einzuschlagen,« antwortete Collen bekümmert.

Lukas schwieg still.

»Manche nennen ihn den König der Schatten, Gwynn ap Nudd, Herr von Annwn,« fuhr Collen nach einer Weile sinnend fort, »und fürchten ihn als Gott oder Dämon, der noch aus heidnischer Zeit stammt. Manche sagen, er ist nichts weiter als ein gewöhnlicher Mensch, tief eingedrungen in die Geheimnisse der schwarzen Künste.«

»Wer ist er nach deiner Meinung?«

»Er selbst behauptet, Einsiedler zu sein, wie ich auch,« sagte Collen, noch immer die direkte Antwort vermeidend. »Als ich Abt war...«

»Du warst *Abt*?« rief Lukas aus.

Collen lachte über seinen Gesichtsausdruck.

»Es tut mir leid! Wir können nicht immer das sein, was man von uns erwartet. Ich hatte nicht die Geduld dafür, und so war's das gewesen.«

»Aber, der Herr muß dich zu diesem Amt berufen haben. Gewiß...«

»Ich konnte unter all diesen Leuten seine Stimme nicht hören,« unterbrach ihn Collen ungehalten, und dann, etwas nachdenklicher: »Nur wenn ich allein bin, kann ich manchmal seine Gegenwart spüren. Du glaubst, ich tue hier nichts vom Werk des Herrn und hätte Abt bleiben sollen? Ich sage dir, eine Vogelscheuche tut scheinbar nichts auf dem Feld, doch ohne sie werden die Samenkörner von Vögeln gefressen und das Feld bleibt leer und leblos zurück. Ein Kind, das auf den Knien seiner Mutter mit Schlammkuchen spielt, scheint nichts zu tun, doch ohne die Natur der stofflichen Welt kennenzulernen, könnte es kein Haus als Schutz vor dem Regen bauen. Ein Mann, der in der Wüste oder auf einem Berg sitzt, scheint nichts zu tun, doch sein Geist ist vielleicht mit Engeln vereint, und es mag die Zeit kommen, da wird er die Botschaft vermitteln, die ihm gegeben ward, die Welt zu retten.« Es hatte fast den Anschein, als hätte der Einsiedler Lukas vergessen und als spräche er zu sich selbst.

Der junge Mann war still. Seine Gedanken schwammen dicht bei denen des Einsiedlers, als seien sie beide Fische in einem kleinen Teich. Er verstand, doch hätte er seinem Verstehen keine Stimme geben können.

»Als ich in deinem Alter war,« sprach Collen wieder, »machte ich einige schreckliche Fehler, die mich fast alles kosteten, was ich besaß. Ich hatte noch nicht erkannt, wenn du dich durch inneres Beten zu einer Ebene erhoben hast, wo Engel zu dir sprechen können, daß du dich dann womöglich auch schlechten und bösen Kräften öffnest, es sei denn, du erfüllst die Stille, die strahlende, gewaltige wartende Mitte in dir mit der Liebe Gottes und der Liebe zu allem was gut und förderlich ist.

Wenn ich jetzt ›in die Stille‹ gehe, dann rufe ich vor meinem geistigen Auge den Herrn Christus an meine Seite, und Schritt für Schritt gehe ich in dem Licht, das ihn umgibt. Bevor ich gelernt hatte, das zu tun, ging ich zu weit. Ich hatte keinen Berater, traf keine Vorsichtsmaßregeln und folgte jedem Wink zu neuen Erfahrungen, ohne zu fragen. Indem ich eine Eingebung, eine Warnung außer acht ließ, zwang ich mich über die, wie ich heute weiß, natürliche Grenze meines Verstehens, und so befand ich mich nicht im Reich von unglaublicher, wunderbarer Stille, sondern an einem furchterregenden, alptraumhaften Ort, der erfüllt war von knuffenden, nur halb sichtbaren Gestalten und dem Lärm gellender Stimmen. Die schlechtesten Gedanken meines ungeschulten Wesens wurden mir von diesen Geschöpfen zurückgespiegelt: mein Stolz, so weit gekommen zu sein, während meine Mitschüler noch die Liturgien hersagten und offenbar nicht weiterkamen; mein überheblicher Glaube, alles zu wissen und die Leben eines jeden Mitmenschen mit dieser neuen Quelle der Kraft ändern zu können.

Erst als ich plötzlich erkannte, daß die Stimmen und Gestalten nicht nur Teil meiner Vorstellung waren, sondern auch außerhalb von mir, und mich langsam in ihre Knechtschaft führten, da hielt ich inne. Ich sah klar, ich würde nicht mehr Macht haben, wenn ich ihnen folgte, sondern weniger. Die Natur der Gnade Gottes ist die Freiheit, einem Leitstern zu folgen; die Natur der Gnade des Feindes ist Sklaverei und Ketten.

Es verstrich eine lange Zeit, bevor ich versuchte, wieder in die Stille zu gehen. Und als ich es dann tat, war ich mir dessen mehr gewahr, was ich tat.«

Lukas dachte an die Male im Apfelgarten, als »die Stille« sehr nahe war. Er hatte niemals den Mut, ganz in sie hineinzugehen. Wohnte der Heilige Geist, der Berater, wirklich in seinem Herzen, immer gegenwärtig, darauf wartend, daß man ihm lauschte? Und war seine eigene Unaufmerksamkeit der einzige Grund, wenn ihm grundlegende Führung und Hilfe fehlten? Wenn er zuhörte, würde er den Mut haben, das zu befolgen? Würde er die Weisheit besitzen, die wahre von der falschen Stimme zu unterscheiden?

Es gab viele Dinge, die er Collen fragen wollte – aber die Stimmung des Einsiedlers hatte sich unvermittelt geändert, und er schickte ihn zum Holzholen in den Wald.

Später, als Lukas zu der Hütte zurückkehrte, stand Collen am Eingang und hielt nach ihm Ausschau.

»Was ist los?« fragte Lukas, das Bündel mit Ästen noch geschultert und mit dem Gefühl, daß etwas nicht stimmte.

Collen rieb sich sein bärtiges Kinn und sah ihn scharf an.

»Was ist los?« wiederholte Lukas.

»Ich fürchte, wir haben einen Patienten zu pflegen,« sagte er, und seine Stimme hatte einen rauhen Beiklang.

»Einen Patienten? Wer ist es?«

Collen winkte Lukas, selbst nachzusehen.

Eine Vorahnung von Gefahr hielt Lukas' Herz wie mit einer eisigen Hand umklammert, doch in dieser Hand, als sei es ein gefangener Schmetterling, spürte er sein Herz vor Neugier und Erregung zittern.

Er legte das Holz ab und eilte zur Hütte, der Einsiedler machte ihm Platz und ließ ihn vorbei. Er beobachtete ihn genau, wie er zum Strohlager ging. Licht fiel durch die Tür auf die Gestalt, und Lukas wurde schlecht vom Anblick des mit Blasen übersäten, geschwärzten Gesichtes.

Zuerst erkannte er ihn nicht, als er ihn aber ansah, da stöhnte er und bewegte sich, und da gewahrte Lukas das hageren Habichtsgesicht unter der gebrochenen Haut.

Erschrocken sprang er zurück.

Collen war dicht hinter ihm und legte ihm die Hand auf die Schulter.

»Langsam. Er ist übel verbrannt. Wir müssen ihm helfen.«

»Diesem Mann helfen,« dachte Lukas sich aufbäumend.

Collen erhaschte den Blick in seinen Augen und gab seiner Schulter einen freundlichen, aber befehlenden Druck. Er winkte mit dem Kopf zur Tür.

»Hol Wasser,« sagte er.

»Was ist geschehen?«

Bruder Collen zuckte die Achseln. »Er muß ausgerutscht und in sein Feuer gefallen sein,« sagte er ohne rechte Überzeugung.

Lukas war zu erschrocken vom Erscheinen des Mannes, um noch weitere Fragen zu stellen, und Collen war erleichtert darüber. Er wollte ihm nicht erzählen, daß er den Mann auf dem Gipfel des Felsberges gefunden hatte, wo sonst nicht eine Spur, nicht auf dem kleinsten Grashalm, von etwas Verbranntem war.

Ruhig ging er zu seinem wackeligen Regal und holte seine Dose mit der Heilsalbe hervor. Gemeinsam wuschen sie den Mann, so gut es ging, und verbanden seine Verbrennungen. Einmal zuckte Lukas zusammen, als er das dunkle Glänzen eines Auges durch ein halb geschlossenes Lid erblickte – doch der Mann ließ nicht merken, ob er ihn wiedererkannt hatte.

»Er hat mich wahrscheinlich nicht gesehen,« dachte Lukas, als ihm einfiel, wie auch Cerdic oft mit nur halb geschlossenen Augen im Dormitorium schlief. Anfangs hatte dies den übrigen Angst gemacht, bis sie nach eingehenden Versuchen herausgefunden hatten, daß er tatsächlich nicht sehen konnte, was vorging, wenn er schlief, so beunruhigend das Glänzen seines Auges auch sein mochte.

»Wirst du ihn auf die Weise heilen, wie du Matthias geheilt hast?« fragte Lukas. Collen spitzte die Lippen, gab aber keine Antwort.

»Wirst du das?« beharrte Lukas.

»Wir werden sehen,« sprach Collen ausweichend.

Vielleicht, dachte Lukas, der sich dessen entsann, was Matthias ihm erzählt hatte, bedurfte die Heilung der Mitwirkung des Patienten, und mit einem bewußtlosen Mann war das nicht möglich. Oder war der Mann vielleicht ein so mächtiger Hexenmeister und es war nicht sicher genug? Bestimmt war Collen sehr wenig geneigt, neben seiner Bettstatt zu knien und für ihn zu beten, wie er es für Matthias getan hatte. Es kam Lukas sogar in den Sinn, daß er ihn nicht heilen *wollte*. Wenn er ein solch böser Hexenmeister war, wie Collen zu glauben schien und es Lukas empfand, dann überlegte der Einsiedler vielleicht, ihn so »festgenagelt« zu lassen wie er war, außer Gefecht, so daß er keinen Schaden mehr anrichten konnte. Womöglich hoffte er gar, er würde sterben.

Als der Abend nahte, half Lukas Collen, ein drittes Strohlager in der winzigen Hütte zu bereiten, damit der Mann ungestört in Collens Bett liegen bleiben konnte.

Als Lukas sich endlich hinlegte, stellte er fest, daß er nicht einschlafen konnte. So lag er den größten Teil der Nacht da und betrachtete ängstlich die dunkle Gestalt, halb befürchtend, sie würde sich erheben und einen bösen Bannfluch über ihn sprechen. Doch die Nacht verging und nichts geschah.

Am Morgen war der Patient bei Bewußtsein, und seine Augen waren so voll des Schmerzes wie bei einem in einer Falle gefangenen Tier. Lukas bot ihm einen Schluck Wasser an.

Der Mann blickte von ihm auf die Tasse, und einen Augenblick sah Lukas seine Zunge, wie sie über die Blasen auf seinen Lippen fuhr. Er nickte kaum merklich. Es kostete Lukas einige Überwindung, einen Arm unter den Kopf des Mannes zu legen und ihn leicht anzuheben, während er ihm die Tasse an die Lippen hielt.

Der Mann schlürfte durstig. Er versuchte dabei ständig, ihm in die Augen zu blicken. Lukas bemühte sich, seine Aufmerksamkeit auf die Tasse zu richten, und war entschlossen, seinem Blick auszuweichen. Wo war Collen? dachte er verzweifelt. Wie konnte er ihn in einer solchen Lage allein lassen?

»Was denkst du?« fragte der Mann, als er fertig getrunken hatte, mit vor Schmerz heiserer Stimme.

»Ich denke, mein Herr,« sagte Lukas sich von ihm zurückziehend, »wenn du ein so großer Zauberer bist, wie die Leute sagen, kannst du dich dann nicht selber heilen?«

Die gesprungenen Lippen bewegten sich schmerzhaft.

»Sagen das die Leute von mir ... daß ich ein großer Zauberer sei?«

»Ja.«

»Glaubst du ihnen?«

Lukas zögerte. »Du kannst ein paar Zaubertricks,« sagte er verächtlich, wobei er sich weiter zur Tür zurückzog. Die Augen des Mannes blitzten vor Zorn, aber er sagte nichts. Lukas ging eilig nach draußen und war erleichtert, Collen draußen sitzen zu sehen, tief in Gedanken versunken.

»Warum hast du mich mit ihm allein gelassen?« stellte Lukas ihn zur Rede.

»Ich war hier.«

»Aber ich wußte nicht, wo du warst. Ich dachte, ich sei allein.«

»Und dennoch hast du ihn verhöhnt?«

»Hast du das gehört?«

Collen lachte, dann blickte er ernst. »Du solltest ihn nicht verhöhnen. Er wird nicht immer so krank sein.«

»Müssen wir ihm zur Besserung verhelfen?«

»Jawohl,« sagte Collen. »Wir haben nicht immer die Wahl, was zu tun ist.«

»Wird er lange brauchen, zu genesen?«

»Nicht lange.«

»Ich habe noch nie jemanden so übel verbrannt gesehen.«

»Ich auch nicht. Aber er wird genesen.« Bruder Collen runzelte die Stirn. »Du hast mich gestern gefragt, ob ich ihn heilen würde, wie ich Matthias geheilt habe?«

Lukas nickte.

»Alles ist verwickelter als es scheint, mein Freund. Nichts kann allein für sich betrachtet werden. Ich weiß nicht, ob ich dir eine Erklärung geben kann, die dich befriedigen wird.«

»Versuch es,« sagte Lukas.

»Genauso, wie jede Seele einzigartig ist in Gottes Reich, so ist auch die Art und Weise einzigartig, wie jemand auf etwas, das ihm gegeben wird oder ihm widerfährt, anspricht. Was bei Matthias Wirkung erzielte, mag es bei dir durchaus nicht tun... oder bei unserem Freund hier.«

»Aber wenn du zu einem Schluß gekommen bist, was in diesem Fall zu tun ist – wirst du es dann tun?« beharrte Lukas.

»Ja – aber zu diesem Schluß zu kommen, ist nicht leicht. Etwas hielt mich gestern davon ab. Teilweise meine eigene Abneigung, aber teilweise etwas anderes – Vorsicht... ein Gefühl, diesmal ist etwas mehr vonnöten, als bloße körperliche Heilung... etwas, womit die Heilung sehr viel tiefer in die Seele gehen würde. Deshalb war ich nicht sicher, ob ich geeignet bin...«

»Und jetzt?«

»Und jetzt weiß ich, es bin nicht ich, sondern der Herr, der durch mich das Wunder tun wird. Doch selbst dafür, arme Hülle, die ich bin, brauche ich Hilfe. Ich glaube zu erkennen, was ich zu tun habe; doch dies bedeutet, daß ich dich für eine Weile verlassen muß. Glaubst du, du kannst auf unseren Patienten acht geben, während ich fort bin?«

Lukas sah erschrocken aus.

»Es wird nicht lange dauern.«

»Wie lange?« fragte Lukas mißtrauisch.

»Nicht lange,« antwortete Collen. »Ich muß mich darauf verlassen können, daß du nichts weiter für ihn tust, als ihm Wasser zu geben, wenn er danach verlangt. Gehorche keinen Befehlen.«

»Aber...«

»Ich mache so schnell wie ich kann.«

Lukas seufzte und zuckte die Achseln. »Ich tue mein bestes,« sagte er.

Bruder Collen klopfte ihm auf die Schultern. »Gut,« sagte er, und ohne noch ein Wort zu sagen, ging er fort.

Als Lukas auf der Lichtung vor der Hütte stand, hatte er sich noch nie so einsam gefühlt. Er schaute ständig ängstlich auf die Tür und wünschte, er hätte den kranken Mann nicht verspottet. Wenn er nur schlafen würde und Collen zurückkam, bevor er erwachte! Er setzte sich unruhig auf den flachen Stein, den der Einsiedler gerade freigemacht hatte, und dachte angestrengt an Schlaf in der Hoffnung, seine Gedanken würden den Patienten beeinflussen. Er wußte noch, wie innere Sammlung ihn zu der Höhle geführt hatte.

In der Hütte blieb es lange still, und Lukas entspannte sich langsam. Was, dachte er, konnte letztlich schon geschehen? Der Mann war hilflos.

Und dann meinte er, ein Geräusch gehört zu haben.

Lauschend hielt er die Luft an.

Da war es wieder. Diesmal war es deutlicher, und er wußte, es war sein Name, der da gerufen wurde. Er ging zur Tür und schaute hinein. Die Augen des Mannes glühten wie sterbende Kohlen in dem dämmrigen Licht in der Hütte. Seine Augen waren geblendet und halbblind vom Sonnenlicht draußen.

»Lukas,« sagte der Mann und wieder: »Lukas.«

Lukas trat an seine Seite, widerstrebend; aber es war schwer, sich zurückzuhalten. Er fragte sich, ob der Hexenmeister wußte, daß Collen fort war und sie allein waren.

»Ich möchte, daß du etwas für mich tust,« flüsterte der Mann heiser.

»Ich kann nicht,« sagte Lukas schnell mit klopfendem Herzen. »Ich darf nicht.«

»Kann nicht? Darf nicht?«

»Ich meine... Ich darf dir Wasser geben... aber das ist alles.«

»Bist du allein?«

»Nein,« sprach er hastig. »Bruder Collen ist draußen, aber er hat zu tun.«

Die Zunge des Mannes fuhr über seine Lippen.

»Möchtest du Wasser?« fragte Lukas. Er meinte, den dunklen Kopf des Patienten nicken zu sehen.

Er brachte ihm die Tasse und hielt ihm wieder den Kopf, damit er trinken konnte. Doch diesmal trank der Mann nicht. Als Lukas sich über ihn beugte, erhob sich seine verbundene Hand von seiner Seite, und der Mann ergriff sein Handgelenk. Die Umklammerung brach ihm fast den Knochen.

»Du wirst etwas für mich tun.«

»Nein.«

»Du *wirst* es.«

»Nein.«

»Wenn nicht, so habe ich Tricks, dich blind oder taub zu machen. Was hättest du lieber?«

Lukas zerrte mit aller Kraft, sein Handgelenk freizubekommen, aber der Mann hielt es fest.

»Du hast keine Kraft. Du bist krank,« sagte er durch die zusammengepressten Zähne und wünschte, er könnte es glauben.

»Sprich jetzt,« sagte der Mann, und seine Augen waren schrecklich und kalt.

Lukas schauderte. »Laß mich los!« wollte er sagen, doch da merkte er, daß kein Laut über seine Lippen kam. Es war, als sei seine Zunge so weich und formlos wie Schafwolle, die sich in einem Dorngebüsch verfangen hatte.

Der König der Schatten lächelte, als er den Schrecken in den Augen seines Gegenübers sah. »Hilf mir,« sagte er, »und ich werde deine Zunge erlösen.«

»Niemals,« wollte Lukas abwehrend sagen, doch wieder bewegten sich seine Lippen, brachten aber keinen Ton hervor. »Bitte!« sprachen seine Augen für ihn, aber der Hexenmeister zeigte kein Mitleid.

»Muß ich meine Macht noch mehr zeigen?« fragte er kalt.

Lukas schüttelte den Kopf.

»Wirst du mir jetzt helfen?«

Lukas schüttelte wieder den Kopf.

»Du fragtest mich, ob ich mich selber heilen könne. Das kann ich – aber dafür brauche ich etwas.« Er zitterte von der Anspannung des Sprechens, der Schatten des Schmerzes verdunkelte seine Augen. Lukas empfand allmählich Mitleid mit ihm. Vielleicht...

»Alles, was du für mich tun sollst, ist, mir etwas aus meinem Haus zu holen,« flüsterte der Mann. »Etwas, das mir schneller helfen wird, gesund zu werden, als irgend eines der Kräuter oder eine der Salben, die dein Freund verwendet.«

Das hörte sich ziemlich unverfänglich an. Gewiß würde Collen doch erleichtert sein, wenn sein unwillkommener Patient sich bei seiner Rückkehr erholt hätte und verschwunden wäre? Lukas vergaß, daß der Heilige mehr als das verbrannte Fleisch heilen wollte und zu seinem geheimnisvollen Gang aufgebrochen war, um genau dazu in der Lage zu sein.

Lukas nickte.

»Gut. Jetzt folge meinen Anweisungen ganz genau, und es wird dir nichts geschehen. In meinem Haus wirst du auf dem zweiten Bord des Schrankes, den du beim Eintreten siehst, einen kleinen Beutel aus Kranichhaut finden, der mit einem Goldband zugeschnürt ist. Bring ihn mir. Faß sonst nichts an. Hast du verstanden?«

Lukas konnte gar nicht schnell genug seiner Gegenwart entfliehen, und als er durch den Wald eilte, sang er aus Freude über die wiedererlangte Stimme.

Schneller als erwartet kam er zu der Lichtung und zu der ordentlich gebauten Hütte, von der er einmal gedacht hatte, sie sei ein großes und schönes Bauwerk. Erst hatte er Angst, einzutreten, machte sich dann aber klar, daß er dem Zauberer einen Gefallen tat und ihm bestimmt kein Leid geschehen würde.

Vorsichtig trat er ein und sah, daß es hier bei weitem nicht so großartig war wie bei seinem ersten Besuch. Er fand den Schrank sogleich und auf dem zweiten Bord den besagten Beutel aus Kranichhaut, der mit einem goldenen Band verschnürt war. Er nahm ihn in die Hand und wäre gleich wieder gegangen, wenn ihn die Neugier nicht überwältigt hätte. Er mußte nachsehen, was in dem Beutel war.

Schnell sah er sich um, um sicherzugehen, daß er allein war, löste darauf sorgsam den Knoten, der den Beutel verschloß, und zog ihn sanft auf. Er starrte hinein, konnte aber anfangs nicht erkennen, was darinnen war.

Er zitterte leicht von der Erregung, etwas Verbotenes zu tun, steckte seine Finger hinein und holte den Inhalt hervor. Er war höchst erstaunt. In seiner Hand hielt er einen Bernsteinklumpen, hell wie Sonnenlicht. Er drehte und wendete ihn, blickte in die Tiefen aus Licht darinnen, verlor sich in seiner Schönheit, in seinem Geheimnis. Und als er das tat, spürte er, nur ganz leicht am Anfang, daß dieser wunderbare Gegenstand ihm vertraut war. Er hatte ihn schon einmal gesehen, doch nicht in diesem Leben, nicht als Lukas.

»Wo?« flüsterte er. »Wann?« Immer wieder drehte er den Stein, versuchte, sich zu erinnern. Schwach, wie die Dunkelheit von Bäumen im Nebel tropft, fingen schattenhafte Erinnerungen in seinem Kopf an sichtbar zu werden.

Er schüttelte seinen Kopf, versuchte, sie klarer zu erkennen. Wessen entsann er sich? Ein Mädchen... Augen, blau wie der Himmel, die in die seinen blickten... Der Bernstein an einem Lederband um ihren Hals... und er wußte, daß er ihn dorthin gehängt hatte, er, der Erwählte der Sonne... die Macht der Sonne darinnen... die Liebe der Sonne, die ihr Herz erwärmte und sie mit ihrer Kraft unterstützte, wohin sie auch ging.

Wie ein plötzlicher, erschreckender Blitz kam ihm die Erkenntnis, daß dieser Talisman dem Mädchen in der Höhle gehörte... er war gestohlen worden und mußte zurückgegeben werden.

Frohlockend steckte er ihn wieder in den Beutel zurück, entschlossen, nicht zum Zauberer zurückzukehren, sondern geradenwegs zum anderen Eingang des Tunnels im Obstgarten zu gehen und dem Mädchen ihr Eigentum zurückzugeben.

Er wandte sich um und wollte den Schrank schließen. Dabei fiel sein Blick auf einen Haufen mit Edelsteinen, die in der Nähe des Platzes lagen, wo der Beutel gelegen hatte, und die jetzt auf einmal im Licht von der Tür her aufblitzten.

Er konnte nicht anders, als sie anzusehen, bevor er die Tür schloß. Er hatte noch nie solche Farbigkeit gesehen, solch ein Glänzen, solch ein kaltes doch blendendes Licht.

Näher hinsehen! Näher.

Er sah über seine Schulter. Er war allein. Niemand würde es merken, wenn er die Ringe anprobierte. Seine Hand hielt über einem Rubin inne, so groß wie sein Daumennagel, der in Gold gefaßt war. Er steckte ihn auf den Mittelfinger seiner rechten Hand. Er drehte ihn von einer auf die andere Seite, das Licht blinkte und spielte darin. Einen Augenblick sah es so aus, als sei darin etwas gefangen... eine Gestalt... doch als er näher hinsah, merkte er, daß er sich geirrt hatte.

Er war heftig versucht, ihn zu behalten, doch er wußte, das wäre töricht. So ergriff er ihn, um ihn abzuziehen, aber er steckte überraschend fest.

Er zog noch einmal daran... und nochmals. Mit wachsendem Schrecken erkannte er, daß er ihn nicht abziehen konnte.

Lukas schloß die Schranktür und rannte zu Collens Hütte zurück. So still und merkwürdig sie gekommen war, verließ ihn die Erinnerung an das Mädchen, dessen Talisman er trug, und er dachte nicht mehr an sie.

Auf halbem Wege mußte Lukas einen Bach überqueren, einen kleinen Fluß hellen Wassers über moosigen Steinen. Nachdem er einen Augenblick stehengeblieben war, um zu trinken, versuchte er wieder, den Ring abzubekommen. Er hielt ihn ins Wasser und zerrte an ihm, da er dachte, er würde von seinem nassen Finger leichter abgehen. Doch der Ring wollte sich nicht rühren, und Lukas war bestürzt zu sehen, daß das kristallklare Wasser die tiefrote Färbung des Steines annahm. Hastig zog er seine Hand zurück, doch der Fluß blieb rot. Er erinnerte ihn an Blut. Da lief er, so schnell wie er konnte, fort, und im Laufen zog und zerrte er an dem Ring.

Gwynn hatte sich auf seinen Ellenbogen gestützt, die Augen auf die Tür gerichtet, als Lukas die Hütte erreichte. Der junge Mann stand in der Tür und konnte sich im ersten Augenblick nicht überwinden einzutreten. Noch ein letztes Mal zog er an dem Ring, doch er wußte, vor jenen dunklen, durchdringenden Augen konnte er nichts verbergen.

Widerstrebend trat er schließlich vor und legte den Beutel aus Kranichhaut neben den Zauberer. Dann streckte er die Hand aus, um ihm den großen Rubin zu zeigen. Die Habichtsaugen sahen ihn befriedigt an, und die schmalen Lippen lächelten.

»Du darfst ihn behalten als Lohn für die Mühe, das zu holen, was ich brauchte,« sagte er.

»Ich will ihn nicht,« antwortete Lukas schnell. »Ich wollte ihn nur anprobieren, und dann bekam ich ihn nicht wieder ab.«

»Was? Einen Ring zurückweisen, der noch für einen König Lösegeld genug wäre?«

Lukas sah den Ring an. Er hatte nicht weiter gedacht, als das Kloster zu verlassen. Für den Ring konnte er genug Land kaufen, um ein großer Herr zu werden. Gwynn blickte ihn scharf an. Lukas spürte, wie sich die Augen in ihn bohrten. Er senkte die Augen, um der irritierenden Kraft dieses Blickes zu entrinnen.

»Ich will ihn nicht,« wiederholte er mit fester Stimme.

»Ich könnte dich lehren, ihn zu benutzen,« sprach der Zauberer. »Es ist kein gewöhnlicher Ring.«

Wider besseres Wissen wollte Lukas mehr hören. Er betastete den großen Stein mit seiner Linken, beobachtete, wie er blitzte und blinkte. Er hatte den Fluß rot gefärbt. Was konnte er noch?

Er blickte auf, und wenn er auch noch ein »Nein« auf den Lippen hatte, konnte Gwynn in seinen Augen lesen, daß er begierig darauf war, einzuwilligen. »Ha!« dachte er. »Jetzt habe ich dich!« In dieser Überzeugung wandte er seine Aufmerksamkeit jetzt dem Beutel zu, den Lukas mitgebracht hatte. Mit zitternden Händen fummelte er an dem Goldband, wobei er es eher festzog, als es zu lösen.

Lukas streckte die Hand aus, um ihm zu helfen. Er entfernte das Band und nahm das Stück Bernstein heraus. Wie hätte er wissen sollen, daß Gwynn nie an den Talisman gekommen wäre, wenn nicht eine andere Hand, die nicht so besudelt war wie die seine, es für ihn getan hätte? Der Mann lächelte finster, als Lukas ihm den Stein reichte, und preßte ihn dann heftig auf seine Brust.

»Jetzt laß mich allein. Ich habe zu tun,« sagte er streng. Gehorsam ging Lukas hinaus und setzte sich auf den flachen Stein. Immer wieder drehte er den Ring im Sonnenlicht. Er meinte, tief in dem Stein eine kleine dunkle Gestalt zu sehen, doch wiederum war sie fort, bevor er sicher war. Er drehte ihn in alle Richtungen, versuchte, die Gestalt wiederzufinden, doch schließlich kam er zu dem Schluß, daß er sie sich nur eingebildet hatte.

Der Zauberer rief seinen Namen, und Lukas rannte sofort zur Tür. Er sah ihn hoch aufgerichtet in der Hütte stehen, seine Haut war wieder heil und sauber, seine Gesichtsfarbe so bleich wie immer, aber mit einem gesunden Glänzen. Der Bernstein-Talisman war wieder in dem Beutel und hing an seinem Gürtel.

Lukas war aufs Höchste erstaunt.

»Du siehst, du hast mir geholfen, schneller wieder gesund zu werden, als durch deinen stümperhaften Freund.«

Lukas zuckte bei der auf Collen gemünzten spöttischen Bemerkung zusammen, sagte aber nichts zu dessen Verteidigung.

»Komm, wir wollen jetzt gehen.«

»Wir?« fragte Lukas überrascht.

»Ja. Du willst den Zauber des Ringes lernen,« sprach Gwynn. »Komm mit mir, und ich werde ihn dir zeigen.«

Lukas fühlte sich unbehaglich. »Ich weiß nicht genau,« sagte er. Wieder zog er heftig an dem Ring.

»Zweifel? Unklarheiten?«

»Ja.«

»Laß mich dir ein Beispiel geben, was ich alles tun kann, und vielleicht wird dir das auf die Sprünge helfen.«

Gwynn zeigte auf den Tisch. Sein Finger war steif ausgestreckt, und Lukas konnte die starke Konzentration im Blick des Mannes sehen. Dann stellte Lukas erstaunt fest, daß der Tisch gar kein Tisch mehr war, sondern ein schwarzer Kochtopf mit drei Beinen.

Gwynn lächelte über seinen Gesichtsausdruck.

»Und noch einmal,« sagte er und zeigte auf einen Hocker, auf dem Lukas viele Male gesessen hatte. Der lief auf schuppigen Beinen davon. Das Erstaunen und die Bewunderung in Lukas' Augen war nicht zu übersehen.

»Es gibt nichts, was ich nicht tun kann, wenn ich es nur will,« sagte Gwynn. »Gar nichts!« fügte er flüsternd hinzu, als wolle er sich selbst überzeugen. »Solche Kleinigkeiten gehen leicht. Alles was fest aussieht, ist durchaus nicht fest. Die Festigkeit ist eine Vorspiegelung. Die Wirklichkeit ist ein Tanz winzigkleiner, starker Kräfte. Gib ihren Bahnen eine andere Richtung, und sie ändern ihre Erscheinung und ihr Wesen.«

»Aber... aber wie machst du das?«

»Die Macht des Geistes kann alles bewirken, mein Freund, alles!

Sie enthält eine Kraft, die Welten erschaffen kann...« Gwynn brach ab, ein dunkler Schatten zog über sein Gesicht. »Aber das werde ich dir noch nicht zeigen,« murmelte er.

Lukas hatte alles andere vergessen, dachte nur noch an die neuen Fertigkeiten, die er lernen würde. Vielleicht dachte er daran, wenn er die Kniffe des Zauberers lernte, würde es ihm leichter fallen, die Gefangene zu befreien, doch wenn, dann nicht in erster Linie.

»Könnte ich das auch lernen?« fragte er eifrig und blickte auf den Tisch, der nun ein Kochtopf war.

»Gewiß,« sagte Gwynn schmeichelnd.

»Jetzt gleich?«

»Nein. Jetzt noch nicht.«

»Warum nicht?«

Der König der Schatten lachte. »Du willst an einem Tag meistern, wozu ich Jahrhunderte gebraucht habe?«

Lukas sah verwirrt drein. Neugierig umkreiste er den Kochtopf, fragte sich, ob es nur eine Vorspiegelung war oder eine wirkliche Veränderung stattgefunden hatte. Gwynn beobachtete ihn belustigt.

»Faß ihn an,« sagte er.

Lukas streckte seine Hand nach dem Topf aus. Er fühlte sich wirklich an. Wie ein Topf, nicht wie ein Tisch.

Er klopfte mit dem Fingerknöchel darauf. Er klang hohl.

Er holte tief Luft. Der Mann hatte tatsächlich das ganze Wesen des Tisches verändert.

Gwynn sah ihm befriedigt zu.

»Soll ich etwas bewegen? Ich kann es,« sagte er und freute sich an der wachsenden Bewunderung seines Schülers. Er zeigte mit seinem Finger auf das Brotlaib, das nun am Boden lag, und es erhob sich und flog zur Tür.

Lukas blieb die Spucke weg. Plötzlich war der ganze Raum von fliegenden Gegenständen erfüllt.

Gwynn lachte. »Du könntest das alles lernen,« sagte er glattzüngig.

»Könnte ich das?« Das heftige Verlangen in seinem Herzen machte dem dunklen Herrn das Siegen leicht. Er nickte.

»Komm!« sagte er wieder und zog seinen Mantel um sich. Lukas wandte sich blindlings um, ihm zu folgen.

Er stand noch in der Tür, während Gwynn sich draußen zum Fortgehen bereit machte, als unvermittelt Collen auftauchte. Er war schnell gegangen und ganz außer Atem, die Haare noch wirrer als sonst. Als er sah, wie unterwürfig Lukas Gwynn folgte, entbrannte seine Wut, und seine Augen funkelten zornig.

»Lukas!« rief er aus, und so laut und wild hatte Lukas seine Stimme noch nie vernommen. Verwirrt hielt er inne und blickte vom einen zum anderen. Er war nicht mehr sicher, was er tun solle.

»Er ist mein,« sprach Gwynn kühl. »Komm,« befahl er Lukas.

Lukas tat einen Schritt.

Collen trat zwischen die beiden. Er sah aus wie ein wütender Kampfhahn, alle Federn gesträubt.

»Aus dem Weg, alter Pfuscher, oder du wirst dafür bezahlen!«

»Laß ihn los, oder *du* wirst dafür bezahlen,« schnappte der Einsiedler zurück. Gwynn lachte. Seine Stimme war gewaltig und hohl. Der ganze Wald schien davon zu erschauern.

Lukas sah Collen seine Muskeln anspannen. Aus Angst um seinen Freund trat er zu ihm und packte ihn am Arm.

»Er hat mich nicht gefangen genommen, Bruder Collen,« sagte er beschwichtigend. »Ich gehe aus eigenem, freien Willen. Ich möchte etwas lernen, was uns nützlich sein könnte,« fügte er flüsternd hinzu.

»Aus eigenem, freien Willen?« schnaubte der Einsiedler. »Wenn es dein freier Wille ist, sage dem Mann, daß du jetzt bei mir bleibst und ihm später nachfolgen wirst, seine ›Kunst‹ zu erlernen!«

»Jetzt!« fauchte Gwynn. »Oder überhaupt nicht.«

»Wirst du auf sein Geheiß hin springen oder dich behaupten, zeigen, daß du einen eigenen Willen hast?«

Lukas schaute vom einen zum anderen.

»Weißt du, er hat mir diesen Ring gegeben,« sagte er schließlich zu Collen. »Er hat ihn mir geschenkt, und ich möchte lernen, wie man ihn gebraucht.«

»Welchen Ring?« fragte Collen scharf, ihm auf den Finger sehend.

»Diesen hier.« Lukas hielt ihm den Rubinring hin.

»Ich sehe keinen Ring. Da ist gar kein Ring.«

Lukas starrte auf den Rubin, der an seinem Finger glänzte.

»Es ist eine Vorspiegelung. Er hat dich verhext! Da *ist kein Ring*!«

Lukas sah wieder den Ring an. In dem Rubin… tief… tief in seinen Tiefen sah er wieder den Schatten einer Gestalt. Er sah genauer hin. Es war er selbst.

»Oh Gott,« flüsterte er.

»Komm,« rief Gwynn. »Willst du mein Handwerk erlernen oder nicht?«

»Nein,« sagte Lukas mit gebrochener Stimme und Schmerzen des Bedauerns. Er wollte schon, aber er wußte, er wagte es nicht. Er hatte die eigene Gestalt in dem Edelstein gesehen, in Ketten, wie die Frau in der Höhle.

»Dann komm und sei mein Sklave!« schrie Gwynn und richtete seinen Finger auf Lukas.

»Nein!« rief Collen laut, und mit für einen so alten Mann überraschender Kraft sprang er auf den Zauberer und warf ihn zu Boden, bevor der tödliche Zeigefinger sein Ziel erreichen konnte.

»Lauf!« brüllte er Lukas zu, und so befehlend war seine Stimme, daß Lukas ohne nachzudenken davonlief…

Er war jedoch noch gar nicht weit, da erkannte er die Tragweite dessen, was zu tun er im Begriff gewesen war. Zauberei veränderte die Dinge entsprechend der Laune oder dem Willen des Zauberers – alles, von Kochtöpfen bis zu Lebewesen. Lukas dachte an das Gebet, das er, seit er sprechen konnte, täglich sprach – »Dein Wille geschehe, wie im Himmel also auch auf Erden«. Zuerst waren die Worte nichts weiter als Laute, die er äußerte, weil man das von ihm erwartete. Als er sie dann etwas besser verstand, hatte er sich dagegen aufgelehnt. Er wollte nicht dem Willen eines Fremden gehorchen. Er wollte, daß sein Wille der höchste sei. Jetzt aber, da er durch den Wald lief, erkannte er: Wenn sein Wille der höchste war, dann würde es auch der Wille jedes anderen Einzelwesens sein, und das sich daraus ergebende Chaos wäre schrecklich. »Dein Wille geschehe« bekam eine neue Bedeutung. Er stellt sich Gott nicht mehr als als eine Art überheblichen Abt vor, der die Regeln und Vorschriften willkürlich der Welt aufdrückte, sondern als die Quelle einer schönen und zufriedenstellenden Schöpfung, ein lebendiges Muster unendlicher Vielfalt, die einen Sinn und Zweck hatte und durch die Einmischung von unwissenden und kleinen Willen beschädigt würde. Er wußte, genauso gut wie wir sie unbeachtet lassen und leugnen können, so konnten wir auch etwas von ihrem Sinn und Zweck verstehen. Und wenn wir das tun und im Einklang mit ihr wirken, finden wir unsere wahre Freude. Er schämte sich, Collen allein der Gefahr überlassen zu haben und sich in Sicherheit zu bringen. Sogleich machte er kehrt und ging den Weg, den er gekommen war, zurück.

Gwynn war nirgend mehr zu sehen und Collen lag wie tot am Boden.

»Heilige Mutter Gottes!« wisperte Lukas, als er sich neben ihm niederkniete und ihn in die Arme nahm. Sein Gewicht war das Gewicht eines Toten, doch seine Augen waren die Augen eines Lebenden. Alle Kräfte zusammennehmend hob er den schweren Leib auf und zog ihn zur Hütte. Was für ein Tor war er gewesen! Was für ein Tor!

Collen sah ihn an, versuchte, ihm etwas zu sagen.

»Was? ... Was?« Er beugte sich so dicht wie möglich zu den aschfahlen Lippen hinunter, doch kein Laut kam über sie.

Verzweifelt sah Lukas ihm in die Augen, um dort die Botschaft zu lesen. Aber er vermochte es nicht.

Niedergeschlagen saß er auf dem Boden, legte seinen Kopf auf die Knie und versuchte nachzudenken. Sein Führer und Fürsprecher war verstsummt; er konnte sich nur auf sich selbst verlassen. Dieser Gedanke ernücherte ihn, und er nahm sich zusammen. Was war zu tun? Was? Er ließ in Gedanken noch einmal alles, was gerade geschehen war, ablaufen und sah wieder das Bild von sich und Gwynn. Er untersuchte jede Einzelheit. Er erinnerte sich, wie der Zauberer versucht hatte, den Beutel zu öffnen, es ihm aber nicht gelang. Da hatte er noch gedacht, es sei wegen der stark verbrannten

Hände, und sich beeilt, ihm zu helfen. Aber nun – nun erkannte er auf einmal die Bedeutung dieses Versagens. Und er erinnerte sich, er *wußte* in jenem Augenblick, daß der Bernstein einstmals ihm gehört hatte, bevor er ihn der, die er liebte, zum Geschenk gegeben hatte. Der geheime Zauber des Talismans lag nicht nur in ihm selbst, sondern in der geistigen Kraft desjenigen, der ihn benutzte.

»Wieso hat er dann den Zauberer geheilt?« fragte Lukas sich. Die Antwort kam ihm mit überraschender Klarheit: »Weil *ich* daran geglaubt habe, daß es geht. Weil *ich* ihm *meine* Kraft geliehen habe.« In diesem Augenblick kam es Lukas gar nicht seltsam vor, daß er mit einem uralten Talisman verbundene geheimnisvolle Kräfte besaß. Es kam ihm nicht mehr seltsam vor, daß er, Lukas, auf verschiedenen Zeit- und Raumebenen gleichzeitig existierte; daß die Geheimnisse seiner Vergangenheit selbst jetzt gegenwärtig waren und ohne sein bewußtes Wissen durch ihn wirkten. Er erkannte, daß wir nicht aufhören, in den geistigen Reichen zu leben, weil wir auf der Erde leben. Wir mögen es vergessen und müssen hin und wieder daran erinnert werden, wie vielschichtig und herrlich es ist, Mensch zu sein, doch niemals verlieren wir unsere wahren Fähigkeiten, wie weit wir auch in Unachtsamkeit und Unwissenheit absinken mögen. Sie sind immer da, und wir können sie in Anspruch nehmen, sobald wir uns ihrer gewahr geworden sind.

Er beugte sich über Collen.

»Kannst du mich hören?« fragte er mit lauter und deutlicher Stimme, da er nun wußte, was er zu tun hatte. Collen konnte nicht mit dem Kopf nicken, doch seine Augen bejahten die Frage. »Ich habe ihm einen Beutel aus Kranichhaut aus seinem Haus geholt, und darinnen war ein Stück Bernstein, ein Talisman, der einst mir gehört hatte. Nachdem er ihn an sich gehalten hatte, war er geheilt. Ich werde jetzt gehen und ihn für dich holen.«

Schrecken sprach aus Bruder Collens Augen.

»Ich weiß,« sagte Lukas ernst, »es ist gefährlich. Aber es muß getan werden. Ich sehe jetzt viele Dinge klar, die ich vorher nicht sehen konnte. Wenn es dir besser geht, gehen wir damit zu der Gefangenen in der Höhle. Er gehört ihr.« In diesem Augenblick glaubte er, er würde ihr die Kraft geben, sich zu befreien und ihre jugendliche Gestalt wiederzugewinnen. »Doch zuerst muß ich versuchen, den Schaden, den ich Dir angetan habe, wiedergutzumachen.«

Collens Augen sahen in die seinen. Verzweifelt versuchte er, ihn zu warnen.

»Wenn ich versage, stehen wir auch nicht schlechter da, als jetzt,« sagte Lukas und stand auf, um zu gehen.

Tatsächlich konnten viele Dinge noch schlimmer kommen. Collen sah ihn gehen, unfähig, ihn aufzuhalten.

das warten

Creiddylad wartete in ihrer dunklen Höhle, und Zeit bedeutete ihr nichts. Sie hatte schon lange aufgehört, auf eine Erlösung aus dieser Art Nichtleben und Nichttod, in dem sie eingesperrt war, zu hoffen. Zwanzig Jahre oder sechzig, zwei Jahrhunderte oder sechs Jahrtausende mochten vergangen sein, sie wußte es nicht. Die eine kleine Flamme der Hoffnung, die in ihrem Herzen brannte und sie davor bewahrte, ihren Verstand zu verlieren, war, daß Gwynn ap Nudd nicht gewinnen konnte, nicht auf Dauer. Meinte er, das Gebäude des Seins auch noch so sehr zu verändern, was er erreichte, war nichts als eine kleine Abweichung, die bald wieder vom Ganzen eingebunden war. Und sie, so endlos die Dunkelheit auch scheinen mochte, in der sie war, sie wußte, es war vielleicht nur ein kleiner schwarzer Fleck in dem ganzen gewaltigen und herrlichen Gewebe.

Doch war da ein kalter Schatten, der neben dieser kleinen Flamme lauerte. Wenn es den großen Lichtwesen der höheren Reiche bekannt war, daß sie hier war und erlitt, was sie erlitt, warum kamen sie dann nicht, sie zu erretten?

Sie wußte, Gwynn hatte die Kunst gelernt, Stoff nach seinem Willen zu verwandeln. Sie wußte, er hatte in ihr den Tod aufgehalten und so ihr Leben, ihre Wiedergeburt und ihr Wachsen zum Licht verhindert. Irgendwie hatte er sie von den großen Geistern abgeschlossen, mit denen sie so frei in Verbindung zu stehen pflegte.

Immer wieder hatte dieser Gedanke ihr Sorgen bereitet.

Wußten sie es? Sie mußten es doch wissen?

Mit all ihrer inneren Kraft bemühte sie sich, die Stille zu erreichen, wo sie ihre Stimmen hören konnte, aber Gwynn hatte ihr all ihre Kraft geraubt. Ihre Seele zappelte wie ein Schmetterling im Schlamm und konnte sich nicht erheben.

»Ich brauche keinen Schmerz, keine Angst zu empfinden,« sagte sie sich immer wieder. »Ich muß warten und ausruhen. Die Kraft wird mit der Ruhe wiederkehren, gewiß. Gewiß werden sie zu mir kommen. Gewiß werden sie mir Gwythyr schicken.«

Doch die Zeit kam und ging, und keine Kraft kehrte in ihren geschwächten Geist zurück, keine Botschaft kam aus den Reichen des Lichtes.

Sie sah nur den König der Schatten, und den nur, wenn er sich an ihrem Unglück weidete.

Schwer war es für sie, die Verzweiflung zurückzuhalten, schwer, ihren Glauben lebendig zu halten.

Und dann hatte sie eines Tages den jungen Mann gesehen...

Zuerst hatte sie ihn nicht erkannt. Sie hatte ihn nur als vage Hoffnung gesehen, als Fremden, der vorbeikam und ihre schlimme Lage gesehen hatte. Dann jedoch, als er sein Schwert zog, sah sie, daß die großen Geister der Lichtreiche sie nicht vergessen hatten. Gwythyr, nach dem ihr Herz schrie bei Tag und bei Nacht, ihr Erwählter, ihr Geliebter, hatte sie gefunden.

Jetzt wartete sie voll Hoffnung auf ihre Befreiung, betete darum, daß die Jahre Gwythyr Schlauheit gelehrt hatten, damit er sich dem Zweikampf um seine Liebe stellen konnte. Es war List und Unbarmherzigkeit, die Gwynn hatte siegen lassen. Sie betete, daß ihr Geliebter nicht wieder überlistet würde... betete, daß er Weisheit und Mut gelernt hatte, die er für seine Aufgabe brauchte.

Die Verfolgung

Nachdem Collen seine Heilkräfte zum zweiten Mal für Matthias eingesetzt hatte, schlief der Junge fast vierundzwanzig Stunden, bis er schließlich mit klaren Augen und voller Tatendrang erwachte. Als erstes ging er zu der Kapelle und entbot aus vollem Herzen ein Dankgebet. Dann trat er an Bruder Peter heran und bat um die Erlaubnis, zu Lukas gehen zu dürfen. Der Mönch blickte die magere Gestalt an, das abgehärmte Gesicht, die eingefallene Brust und die Schulterknochen, die fast durch den Umhang staken.

»Was du brauchst, ist etwas gutes, heilsames zu essen,« sagte er. »Du wirst nirgendwo hingehen, bevor ich sicher bin, daß du gut gegessen hast.«

»Heißt das, ich darf gehen?«

»Nachdem du gegessen hast… dann werden wir sehen.«

Matthias' Gesicht überzog ein Lächeln. Bruder Peter lächelte zurück. Es ging gar nicht anders. Trotz einer Kindheit, in der er fast ständig krank war, hatte Matthias eine Art zu lächeln, die dir das Gefühl gab, daß die Welt der wunderbarste Ort war und daß du und er das geheime Wissen darum teilten, wie wenig gefehlt hätte zu versäumen, ein Teil von ihr zu sein.

Bruder Peter nahm Matthias mit in die Küche und zog einen Schemel mit drei dünnen Beinen hervor. Er stellte einen Holzteller mit frischgebackenem Roggenbrot vor ihm hin, einen Becher mit sahniger Milch und ein paar guter roter Äpfel. Es waren die letzten aus dem Vorratsregal von der letzten Ernte. Zufrieden sah er zu, wie Matthias hungrig aß.

»Ich habe das Gefühl,« sprach er nach einer Weile, »daß ihr, du und Lukas, eine Art Geheimnis habt.«

Matthias sah ihn mit großen Augen an und nahm dann einen tüchtigen Bissen von dem Brot. Es war offensichtlich, daß er nicht antworten wollte.

»Worüber habt ihr gesprochen, als ihr beisammen ward?«

Matthias runzelte die Stirn. »Über alles mögliche,« sagte er.

»Worüber?«

»Träume und so etwas.«

»Erzähl mir von dem bösen Traum, der euch beide krank gemacht hat.«

Matthias schwieg. Alles hatte Lukas ihm im Vertrauen gesagt, und nichts auf der Welt würde ihn dazu bringen, es zu verraten. Er hoffte, Bruder Peter würde ihn nicht bedrängen, denn er liebte ihn wie einen Vater, doch Lukas war sein Lehnsherr und Freund, und er hatte ihm geschworen...

Matthias runzelte die Stirn. »*Lehnsherr*?« dachte er. »Warum habe ich das gedacht?«

»Es könnte uns helfen, euch zu helfen, wenn wir wissen, was vorgeht,« beharrte Bruder Peter sanft.

Matthias hatte jetzt aufgehört zu kauen und saß auf dem hohen Schemel, wobei er geistesabwesend das übrige Brot zerkrümelte. Es sah aus, als seien seine Gedanken weit weg... suchend...

Bruder Peter beobachtete ihn und wartete. Plötzlich schlängelte Matthias sich vom Schemel.

»Ich muß gehen,« sagte er mit besorgtem Blick. »Er braucht mich. Er ist in Schwierigkeiten...« Er lief zur Tür.

»Halt,« rief Bruder Peter. »Matthias... halt! Ich komme mit...«

Doch trotz seiner Zerbrechlichkeit war Matthias schon aus der Tür und fort, bevor Bruder Peter seine große Masse noch durch den Raum bewegt hatte.

Cerdic und ein paar andere Jungen arbeiteten im Kräutergarten, als Matthias vorbeilief. Sie hielten in ihrem Tun inne und sahen ihm höchst erstaunt hinterher.

»He! Hühnerknochen!« schrie Cerdic. »Was hast du's so eilig?« Doch Matthias sah und hörte ihn nicht.

Jetzt erschien Bruder Peter an der Tür und rief ihm hinterher.

»Ich hole ihn für dich zurück,« rief Cerdic aufgeregt, schleuderte die Hacke fort und begann zu rennen.

Bruder Peter dachte zu spät daran, daß Cerdic häufig in Schlägereien verwickelt war und besonders Matthias nicht mochte.

Cerdic war über die niedrige Steinmauer gesprungen, die den kleinen Garten einfaßte, und rannte mit langen Schritten hinter Matthias her.

»Komm zurück! Komm zurück!« rief Bruder Peter hilflos. »Cerdic, laß ihn in Ruhe! Es ist gut. Er braucht nicht zurückzukommen!« Doch obgleich Cerdic es hörte, schenkte er dem keine Beachtung. Die Erregung der Jagd hatte ihn gepackt, und seine Beute erwies sich als überraschend flink.

Die anderen Jungen starrten hinter ihnen her. Die kleine Gestalt von Matthias verschwand hinter der Ecke des Refektoriums, während Cerdics hoch aufgeschossene Gestalt aufholte und weit hinter den beiden Bruder Peter rufend hinterherkeuchte.

Matthias war entsetzt. Er hatte Cerdics Ruf hinter sich gehört und wußte, daß er ihn verfolgte. Er wußte auch, daß er selbst bei bester Gesundheit Cerdic nicht davonlaufen konnte. Schon jetzt fing seine Brust von Anstrengung an zu schmerzen. Er hatte wirkliche Angst vor Cerdic, immer schon. Wenn nur Lukas ihn jetzt retten könnte, wie fast immer zuvor! Aber Lukas war selbst in Schwierigkeiten. Er spürte das. Er wußte es. Er sah sich nach einem Versteck um und entdeckte eine große hölzerne Regentonne, die dicht an der Wand des Refektoriums stand. Der Zwischenraum war für einen, der so dünn war wie er, gerade ausreichend, um sich dahinterzuquetschen. Splitter rissen sich ins Fleisch, als er sich hineindrängte, doch die bemerkte er kaum. Grüner Schlick und Moos quatschte unter seinen Füßen, wo jahrelang tropfendes Wasser die Erde in Morast verwandelt hatte. Wie er sah, war das Holz faul, und er betete darum, daß es nicht einkrachen und ihn ertränken würde, wo er doch gerade das Leben wiedergewonnen hatte.

Cerdic stob vorbei. Er warf keinen Blick auf die Regentonne oder die verängstigte Kreatur, die sich dahinter versteckt hatte, sondern stampfte weiter um die Ecke des Refektoriums. Matthias versuchte, seinen schweren Atem zu beruhigen aus Angst, er könne husten und sich verraten. Vor dem zweiten Besuch des Einsiedlers hätte er dies nicht vermocht, jetzt jedoch – auch wenn ihn dies eine ungeheure Anstrengung kostete – gelang es ihm zu atmen, wie Bruder Collen es ihm beigebracht hatte. Vielleicht war er eines Tages so stark wie Cerdic, und dann...

Doch sein Gedankenfluß wurde von dem keuchenden Herannahen von Bruder Peter unterbrochen. Er rief noch immer nach Cerdic, und dieser, da er Matthias aus den Augen verloren hatte, kam zu dem Mönch gerannt.

»Er ist wie vom Erdboden verschluckt,« sagte Cerdic, »aber ich werde ihn bald aufstöbern.«

»Ich will nicht, daß du ›ihn aufstöberst‹, Cerdic,« sagte Bruder Peter einigermaßen verärgert. »Ich habe ihn auf einen Botengang geschickt. Ich wollte nur...«

Matthias war verwundert, daß sie sein Herz nicht klopfen hören konnten. Sie standen ganz in der Nähe, und sein Herz pochte wie eine Trommel.

Cerdic sah enttäuscht und verdrießlich aus. »Ich hätte den Botengang für euch erledigen können, Bruder.

»Das hättest du, aber ich habe dich nicht darum gebeten. Ich habe Matthias gebeten.«

Cerdic biß sich auf die Lippen und sah den Mann finster an. »Du bittest mich nie,« murmelte er leise.

»Was? Was hast du gesagt?«

»Ich sagte, du schickst mich nie zu interessanten Botengängen. Arbeit, Arbeit und mehr Arbeit muß ich tun, und wenn ich einen Augenblick aufhöre, bekomme ich eine Strafe.«

»Du weißt, du redest Unsinn. Du mußt lernen, deine bittere, anklagende Zunge zu hüten.«

Bruder Peter straffte seine Schultern und ging davon, bemüht, nicht etwas zu sagen, was er später bereuen würde. Mochte er es auch versuchen, er mochte Cerdic einfach nicht, und es war offensichtlich, daß der Junge das spürte. Er hatte das Gefühl, sie hatten bei ihm versagt. Cerdic hatte nie verstanden, um was es ihnen in dem Kloster ging. Er mußte mit Vater Abt darüber sprechen und sehen, ob man Cerdic nicht fortschicken konnte, damit er sein Glück in der Welt versuchte. Er war alt genug, und es war sehr deutlich, daß kein guter Mönch aus ihm werden würde. »Lukas hingegen,« dachte Bruder Peter bedauernd, »hatte das Zeug, ein echter Streiter des Geistes, ein wahrer Sucher zu werden.« Cerdic suchte nichts weiter als eine Belohnung, wie ein dressiertes Tier.

Matthias hielt den Atem an, als sich Cerdic auf einen Stein stellte und Wasser zum Trinken aus der Regentonne schöpfte. Er war von der Krümmung des Holzes verborgen, und Matthias konnte ihn nicht sehen, doch er konnte das Schlürfen hören, als Cerdic das Wasser austrank, und das Knarren des Holzes, als er sich darüberlehnte.

Endlich ging Cerdic fort und Matthias kam hervor. Er stellte fest, daß er einen Krampf in den Muskeln hatte von der fürchterlichen Stellung, in die er sich für so lange hatte zwängen müssen, und so kaum laufen konnte. Er humpelte langsam zum Obstgarten, da er sich Lukas' Tunnel entsann. Im Wald, so wußte er, gab es keine Hoffnung, ihn zu finden.

Der Abt

Der Abt schritt in seiner Kammer auf und ab. Etwas Bedrohliches lag in der Luft. Er spürte nahende Veränderungen. Er spürte den Beginn von Unordnung, von etwas Unerwartetem, etwas Ungezähmtem. Wenn es nach ihm ginge, würde man diesen Aufrührer Collen vertreiben. Er war ein Häretiker, ein Unruhestifter. Zornig dachte er daran, wie er in ihr Krankenzimmer gekommen war und »Hand aufgelegt« hatte, so als sei er Christus. Wer war er, ein widerwärtig stinkender Entarteter aus den Wäldern, einer, der bei einer Zusammenkunft davongerannt war, der über seine Kollegen und Vorgesetzten hergezogen und sie verhöhnt hatte, unter Berufung auf Christus? Er selbst hatte auch zu mehr als einer Gelegenheit versucht, »Hand aufzulegen«, doch hatte er niemals eine Veränderung bei dem Verwundeten oder Kranken herbeiführen können. Er hatte dies auf die Tatsache geschoben, daß der Patient sündig und verderbt sei und Christus nicht wolle, daß er geheilt werde. Collen jedoch hatte gesagt, *er* sei sündig und verderbt, er rufe nicht mit reinem Herzen den Namen an, ja, er rufe gar nicht an, sondern äußere nur sinnlose Worte... Er spürte den Haß auf Collen in ihm gären. Die Muskeln in Schultern und Nacken spannte er an, bis sie schmerzten. Seine Magen rumpelte und rumorte.

Doch noch hinter seinem Haß auf Collen hing ein anderer Schatten. Er hatte schon immer etwas auf dem Felsberg lauern gespürt, etwas, das sich nicht seinen Regeln und Strafen unterwarf, etwas, das an jener Seite von ihm zerrte, die er für böse hielt – den Drang, seinen Samen in Frauen zu stoßen, zu zeugen, sich zu verströmen in immer größerer Fülle... Manchmal war die eiserne Regel der Keuschheit kaum noch zu ertragen, und selbst die Art, wie sich die Natur in schöpferischer Freude im Wald am Felsberg betätigte, bereitete ihm Unbehagen. Immer, wenn er dort hinging, empfand er das. Er mußte gegen einen Teil von sich ankämpfen. In der Sicherheit des Klosters, wo jeder Augenblick des Tages geregelt war, war es in Ordnung. Doch ein Schritt in den Wald an jenem zauberischen Berg, und all die alten Wünsche fingen wieder an, sich zu rühren. Er haßte Collen dafür, sich befreit zu haben, und er haßte den Felsberg dafür, ihm Lust aufs Leben zu machen.

Die Befreiung

Der Weg zu Gwynns Haus war ohne die Hilfe des Zauberers nicht so leicht zu finden, und nach ein paar falschen Abbiegungen wußte Lukas, er hatte sich verirrt.

Er blieb stehen.

»Ich muß mich hinsetzen,« sagte er zu sich. »Ich muß nachdenken.« Jetzt umherzuirren würde das Unheil, das er angerichtet hatte, nur vergrößern, und würde weder Collen noch sonst jemandem helfen.

Er dachte an den Talisman aus Bernstein, den er suchte, und grübelte über das Geheimnis seiner Macht nach. Wie er wußte, gab es heilige Reliquien im Kloster, die in kostbaren Schreinen verwahrt wurden. Zu Zeiten großer Not wurden sie hervorgeholt, und man sprach inbrünstige Gebete über ihnen. Er verstand, daß die Mönche dies taten, um die Kraft des Menschen, zu dem die Reliquie gehört hatte, herbeizuziehen, denn sie wußten, ihre Kraft oder Reinheit war nicht ausreichend.

Wirkte so auch der Bernstein?

Lukas merkte, wie das Bild des Bernsteins in seinem Geist immer stärker wurde, je mehr er an ihn dachte. Jetzt sah er ihn mit geschlossenen Augen deutlich vor sich, so als sei er ein Abbild auf den Lidern seiner Augen. Er verhielt sehr ruhig, sehr still, ließ das Bild in seinem Geist fließen. Manchmal verblaßte es fast vollständig. Aber es kehrte wieder, und je länger er stillsaß, desto beständiger und stärker wurde das Bild.

»Vielleicht wird es mir helfen, wenn ich es zulasse,« dachte er, und er wartete wachsam. Bald fühlte er sich gestärkt und stand auf, um die Suche nach dem Haus des Zauberers fortzusetzen. Diesmal fand er seinen Weg durch den Wald, indem er dem Bild vor seinem geistigen Auge »folgte«.

Nachdem er auf diese Weise endlich das Haus ausfindig gemacht hatte, war er bestürzt zu sehen, daß es von zwei großen, bösen Hunden bewacht wurde, die an der Tür knurrten. Er zog sich in die Deckung des Waldes zurück. Das anfängliche Gefühl der Freude angesichts des Erfolges seiner Suche, schwand rasch.

Doch dann kam ihm ein Gedanke. Wenn die Hunde überhaupt nicht da waren? Wenn nur seine Furcht sie beschworen oder dem Zauberer erlaubt hatte, sie heraufzubeschwören? Das Haus war niemals zuvor bewacht gewesen, und zwei solche großen Hunde waren weder im Dorf noch sonstwo in der Nähe zu finden gewesen, noch hätte man sie in so kurzer Zeit zur Bewachung abrichten können.

Lukas entschloß sich, sie unbeachtet zu lassen, und trat eine kühnen Schritt vorwärts. Doch dann hielt er inne. Der schwarze Topf, den Gwynn ihm beschworen hatte, hatte sich sehr wirklich und fest angefühlt.

Er verbarg sich hinter einem Baum und sah sich die Hunde an. Ihre Zähne und der Geifer, der aus ihren Mäulern tropfte, sah tatsächlich sehr echt aus. Und dennoch... auch der Ring, den er getragen hatte, den er gesehen hatte, gefühlt auf seiner Hand, war nicht da gewesen.

Was wirklich war und was nicht, schien keine Bedeutung mehr zu haben... oder schien doch wenigstens eine andere Bedeutung zu haben als jene, die er stets als selbstverständlich angenommen hatte. Das einzige, dessen er sicher war, war, daß die Person, die in diesem Augenblick dachte, wirklich war, wenn er auch nicht mehr sicher wußte, wer er eigentlich war.

Er fühlte sich auf einmal sehr müde.

Wenn er bloß einfach weggehen könnte, wieder in die Küche gehen und zu Bruder Peter sagen: »Darf ich zurückkommen? Darf ich Töpfe schrubben und wieder Holz für euch hacken... und alles wieder so, wie es einmal war?« Aber er wußte, daß der Trieb, der die Samenschale durchstoßen hatte und sich der Sonne entgegenstreckte, niemals wieder in den Samen zurück konnte. Der Vorgang des Lebens und Wachstums war angefangen und mußte bis zum

Ende weitergehen, bevor es einen neuen Anfang gab. Und jeder neue Anfang war niemals genau so, wie der vorherige.

Er seufzte. Doch dann entsann er sich, daß die Stärken und Schwächen dieses Lebens nicht alles sind, was uns ausmacht!

Blitzartig kam ihm eine weitere Erinnerung, und er trat mutig vor.

»Gwynn, Sohn des Nudd,« rief er, und jetzt wußte er den Namen seines Feindes wieder. »Gib mir den Talisman, den du gestohlen hast!«

Die Hunde wurden von einer scharfen Stimme aus dem Inneren des Hauses zurückgehalten, und dann erschien Gwynn selbst in der Tür.

Die beiden standen sich gegenüber und blickten sich eine scheinbar endlose Zeit an, und keiner wich zurück.

»Gwythyr, Sohn des Greidyawl,« sagte Gwynn schließlich, kalt und hart. »Einst beneidete ich dich. Aber das ist lange her. Einst besiegte ich dich. Aber auch das ist lange her. Kommst du jetzt, mich herauszufordern, wohl wissend, daß ich jetzt noch stärker bin als damals und du schwächer?«

»Nein,« sprach Gwythyr, gleichermaßen kalt. »Ich fordere dich jetzt heraus, weil ich Wissen habe, das ich damals noch nicht besaß. Auch für mich verging Zeit, und sie lehrte mich vieles. Du wirst mir jenen Talisman geben, und ich werde den Einsiedler Collen heilen und die Hohe Frau Creiddylad befreien.«

»Niemals!« schnarrte Gwynn, erhob seinen Arm und richtete ihn aus. Doch Gwythyrs Hand war oben, bevor der Zauberer seine Kraft gerichtet einsetzen konnte. Er hielt Gwynn die Handfläche entgegen, als wolle er damit einen Lichtstrahl aufhalten. Gwynn strauchelte und ließ seine Hand sinken, wobei er sie mit der anderen rieb, als täte sie weh.

Gwythyr ging stetig vorwärts, die Hand erhoben.

Gwynn trat einen Schritt zurück, den Blick voll Haß.

Die Hunde heulten unheilvoll, doch Gwythyr beachtete sie nicht.

Vor seinem geistigen Auge hielt er das Bild der schönen Creiddylad und des Bernsteins, den sie getragen hatte als Zeichen, daß Sonne und Erde, Geist und Leib, in dem großen kosmischen Tanz vereint waren – ein Tanz, aus dem Leben floß in immer größerer Pracht und Herrlichkeit.

Er sah noch nicht einmal Gwynn, der zur Tür zurückwich, noch hörte er ihn vor Wut kreischen. Es war wie ein großer Lichtraum in seinem Geist, in dem das Bild von Creiddylad stand, hochgewachsen und frei, den Bernstein über ihren Kopf erhoben, und von ihm strahlten Lichtperlen in die fernsten Ecken des Weltenalls. Er merkte nicht einmal, daß er dem Mann einen Stoß gegeben hatte und der jetzt im Staub kroch, noch hörte er die Hunde winseln, als seien sie geschlagen worden.

Er griff in den Schrank und holte den Kranichhautbeutel heraus.

Als seine Hand ihn berührte, zerbarst das leuchtende Bild in seinem Geist zu tausend Bruchstücken aus Licht und zerstob in alle Richtungen.

Plötzlich war er wieder Lukas in der Höhle des Zauberers. Da hielt er den Talisman, und Gwynns gekrümmte Finger waren zwischen ihm und der Tür. In diesem Augenblick schien Gwynn die Veränderung der Macht zu spüren und warf sich auf ihn.

Lukas schoß vor, entschlüpfte dem Griff des Mannes und rannte davon, schneller als er je zuvor gerannt war, den Beutel und seinen kostbaren Inhalt fest in seiner Hand.

»Ihm nach!« hörte er die entsetzliche Stimme befehlen, und dann vernahm er die Hunde!

Ihm war übel vor Angst, und er rannte und schlug Haken. Er sprang und bekam den überhängenden Ast einer Eiche zu fassen. Er kletterte bis in ihre höchsten Äste empor. Die Hunde bellten unter ihm, warfen sich in die Luft und fielen jaulend zurück, als sie merkten, daß sie ihn nicht erreichen konnten.

Doch Gwynn hatte noch nicht aufgegeben. Er hob seine Hand wiederum, und ein großer Sturm heulte durch den Wald, bog die Äste, zog an ihnen und riß die kleineren Bäume aus der Erde.

Lukas klammerte sich verzweifelt an die starken Äste der Eiche, löste nie seinen Griff um den Beutel, denn er wußte, daß trotz allem das, was er hier festhielt, nicht der Macht des Zauberers unterstand und seine einzige Möglichkeit war, zu siegen.

Auf den Wind folgten Regengüsse... Donner... Blitze... Hagelkörner, groß wie Kieselsteine schlugen auf seinen Kopf. Doch durchnäßt und zerschunden und voll Schrecken klammerte er sich noch immer an die Äste und an den Beutel.

Und dann gab ihm ein kleiner Hoffnungsstrahl Trost. Es hatte zumindest einen Vorteil, nicht wieder in den Samen zurück zu können, nicht ungeschehen machen zu können, was geschehen war. Er war gewachsen. Er hatte gelernt. Er war nicht mehr so einfältig, wie zum Beginn des Abenteuers. Er würde Gwynn dennoch überlisten!

Er rief seinen Namen in den Wind.

»Gwynn, Sohn des Nudd,« rief er, »Herr des Winters, der Dunkelheit und des Todes!«

Der wütende Sturm legte sich. Gwynn dachte, er würde sich ergeben. Als er Lukas den Baum herabsteigen sah, glühten seine Augen siegesgewiß.

»Gwynn,« sagte Lukas als er wieder auf dem Erdboden stand. »Ich werde dir diesen Talisman nicht geben. Er gehört dir nicht, und ich weiß, daß du ihn dir nicht nehmen kannst.« Geschwind löste er das goldene Band und hielt den Bernstein in der Hand. Er hob ihn hoch und hielt ihn Gwynn hin.

»Sieh ihn dir an... es ist genau das Gegenstück zu der Kraft, die du gebrauchst – es ist die Kraft des Lichtes, die Kraft der Liebe. Du kannst ihn jetzt nicht berühren, solange ihn dir niemand freiwillig gibt, denn als du ihn hattest, warfst du ihn fort.« Er erinnerte sich, wie Collen ihm erzählt hatte, Gwynn sei einstmals ein Erzengel des Lichtes gewesen, und er selbst, als Gwythyr, erinnerte sich, wie Gwynn einstmals einer der Herren von Annwn war, ein mächtiger, leuchtender Krieger, der über die Wolken ritt und dort die Seelen einsammelte, die bereit waren für das ferne Königreich, für die goldenen Lande jenseits der Wasser. Da war er keine dunkle und böse Gestalt gewesen. Was hatte ihn verändert? Was hatte ihn so gierig gemacht zu nehmen, was nicht ihm gehörte, und es mit einer so ruchlosen Grausamkeit festzuhalten? Was hatte ihn bösartig und bestechlich gemacht?

Noch immer den Bernstein haltend, schritt er kühn an Gwynn vorbei und fort durch den Wald zu Collens Hütte.

Der Zauberer sah ihn mit glimmenden Augen an, konnte aber nichts tun.

Lukas legte den Talisman auf Collens Brust und faltete die Hände des Einsiedlers darüber. Dann kniete er sich neben ihm nieder. Er glaubte daran, daß der Bernstein zauberische Umwandlungen herbeiführen konnte, und versuchte, es zu wollen, indem er seine ganze Aufmerksamkeit in dem Gedanken sammelte, diesen Zauber an Collen zu vollbringen. Doch nach und nach schien sein Geist aufzuhören zu denken, und es überkam ihn ein Gefühl großer Ruhe und tiefen Friedens. Er spürte eine Art innerer Ergebung. Der Bernstein war aus sich nichts, nur sein Bezug zur Liebe hatte jetzt eine Bedeutung. Liebe, die größer war als sie – die Liebe von Harmonie und Ordnung und Ganzheit.

In dem Augenblick, als diese Vision sich eingestellt hatte und der Gedanke an einen übernatürlichen Zauber verblaßt war, merkte Collen, daß er seine Finger wieder bewegen konnte.

Das Licht vom Edelstein pulsierte und leuchtete. Es schickte die Wärme der Sonne, uralter Wälder und lebender Bäume durch seine Glieder.

»Wie schön,« dachte Lukas. »Wie schön!«

Collen richtete sich mit einem breiten Lächeln auf.

»Deine Herrin muß Gottes Herz sehr nahe sein,« sagte er.

»Du kannst dich bewegen!« rief Lukas voll Freude aus. »Du kannst sprechen!«

Collen lachte. »Ich kann auch fühlen!« sagte er kläglich, als Lukas ihm in seiner Erregung kräftig auf Rücken und Schultern klopfte.

Lukas riß sich zusammen, und sie kamen zu dem Schluß, je eher sie den Bernstein seiner rechtmäßigen Besitzerin übergaben, desto eher würde sie von seinen Kräften Hilfe bekommen.

Collen holte die Laterne und zündete sie an, während Lukas die Steine aus der Wand zog.

»Was ist, wenn wir sie nicht finden?« fragte Lukas besorgt.

»Wir werden sie finden,« sprach Collen überzeugt. »Paß nur auf, wo du die Steine hintust. Ich will nicht wieder lahme Glieder bekommen.!«

»Wenn ich den Bernstein aus seinem Beutel nehme, führt er uns vielleicht zu ihr.«

»Nein,« sagte Collen. »Ich habe das Gefühl, wir sollten ihn möglichst bedeckt halten. Wir wissen nicht, womit wir es hier zu tun haben. Wir werden sie finden.«

Lukas kamen Bilder... Creiddylad am Webstuhl in ihres Vaters Haus, Sonnelicht im Haar; er ein junger Mann, dem es angesichts ihrer Schönheit die Sprache verschlug... Creiddylad mit dem Bierkrug für die Gäste ihres Vaters, die bei ihm stehenblieb, um ihm den Becher zu füllen, ihr Haar seine Wangen berührend. Ihre Augen, die ihn anlächelten, um sie schnell abzuwenden, damit er sie nicht für aufdringlich hielt... Creiddylad vom Krieger Gwynn beobachtet... Creiddylad auserwählt von den Priestern, die Rolle der dreifältigen Erdgöttin zu spielen, und seine Freude, als er erfuhr, daß er als Sonne auserkoren war. Dann andere, nicht so süße Erinnerungen... Sehnen und Begehren... Verlustängste... Wut... der Ritt mit brennendem Herzen... sein schwitzendes Streitroß... seine rufenden Männer um ihn her... Wie hatte er zu all den Göttern der Erde und des Himmels geschrien, damit er diesen grausamen Raub rächen könnte! Aber er hatte sie verloren. Und seinen Freund Kyledyr. Armer, wahnsinniger Kyledyr.

Der finstere Gwynn hatte gesiegt.

Dann hatte Arthur, der Gottkönig, sie wieder in ihr Vaterhaus gebracht und beiden verboten, sie zu sehen. Voll Bitterkeit war er davongeritten, den Tod hätte er einem Leben mit einer unerfüllten Sehnsucht vorgezogen.

Jahre... waren es Jahrhunderte? ...vergingen und die alten Weisen änderten sich. An Arthur erinnerte man sich nicht mehr als Gott. Gwynn und er hatten Jahr um Jahr an dem vereinbarten Tag mit einander gekämpft, am ersten Mai, dem Tag, da Creiddylad und er als Mann und Frau zusammengelegen hatten, als Gott und

Göttin ... doch weder Gwynn noch er konnten je den Sieg davontragen ...

Die alten Götter wurden vergessen und eine neue Religion lehrte, Rache sei falsch, Vergebung und Liebe, selbst gegen Feinde, sei richtig. Zuerst hatte er dies abgelehnt ... doch dann eines Tages ... schließlich ... an jenem Tag, als er die Ameisen aus dem Feuer befreite ... zog Frieden ein in sein Herz und er beschloß, am verabredeten Tag Gwynn unbewaffnet gegenüberzutreten und von Frieden zu sprechen. An jenem Tag hielt sich Gwynn nicht an die Verabredung. Auch er hatte beschlossen, sich dem Banne Arthurs zu entziehen – doch auf andere Weise. Er raubte Creiddylad erneut und niemand wußte, wo er sie hingebracht hatte.

Lukas bewegte sich jetzt mit der Entschlossenheit Gwythyrs durch den unterirdischen Gang, das Mädchen seiner Liebe zu finden. Er konnte kaum unterscheiden, welche Erinnerungen von ihm, Lukas, waren und welche aus der lange vergangenen Zeit stammten, als er den Namen und den Körper eines Gwythyr genannten Mannes trug, Sohn des Greidyawl. Er konnte nicht mehr zwischen der Gefangenen unterscheiden, die er gesehen hatte, Creiddylad, der Geliebten von Gwynn und Gwythyr, und der lieblichen, lebenspendenden Göttin der Erde ...

Collen, der spürte, wie die Gefühle in seinem Begleiter hin und her wogten, sagte nichts.

Schließlich hielt Gwythyr vor dem markierten Stein.

Er drückte darauf, und er ließ sich leicht öffnen.

In der Höhle erhellte ihre Laterne die Gestalt eines alten, alten Weibes, dünn wie ein Skelett, grau wie Staub, das in Ketten hing. Als sie eintraten, hob sie den Kopf, und ihre Augen blickten in die Gwythyrs. Ein Lächeln breitete sich über ihr Gesicht wie das erste Licht des Sonnenaufgangs, und damit kam eine verzückende Schönheit, die sein Herz einen Schlag aussetzen ließ. Aus diesem uralten, verschrumpelten Leib blickte ein altersloser Geist.

Gwythyr stürzte auf sie zu und nahm sie in seine Arme. Er spürte wieder ihr Fleisch, weich wie Blütenblatt, und die pulsierende

Lebenskraft durch ihre Glieder rinnen. Wie viele Jahre, wie viele Jahrhunderte, hatten diese beiden Sehnsucht nach einander? War keine Zeit für einen langen Kuß?

»Keine Zeit,« drängte Collen. »Wir müssen hier raus!«

Sie wußten, er hatte recht, und lösten sich von einander. Mit zitternden Händen löste Gwythyr das goldene Band und überreichte ihr den herrlichen Edelstein, der das Geheimnis des Lebens wußte und die Zeit überwunden hatte.

Es gab einen plötzlichen Lichtausbruch, und die Ketten, die sie gefesselt hatten, fielen ab. Sie konnte sich frei bewegen. Doch jetzt war sie auch frei, zu sterben.

Gwythyr betrachtete die zerbrechliche und betagte Frau vor sich mit brechendem Herzen, aber unverminderter Liebe.

Collen berührte ungeduldig Lukas' Arm, und mit dieser Berührung kehrte die Last der Gegenwart zurück. Es war Lukas, der in der Höhle stand, und Lukas, der sich des Königs der Schatten erinnerte.

»Ich hatte es ganz vergessen,« murmelte er von der grauen, bebenden Gestalt zurücktretend.

»Bringt mich zu ihm,« sagte sie. »Ich muß noch etwas tun, bevor ich sterbe.«

Lukas stand unentschlossen, verwirrt.

»Komm!« drängte Collen. »Es muß sein. Er wird oben auf dem Felsberg sein, und wir haben keine Zeit zu verlieren.«

Er hob die gebrechliche Gestalt auf seine Arme und lief zum Eingang der Höhle und dann im Tunnel entlang zu der Hütte. Lukas folgte ihm, stolpernd von der Anspannung, zwischen zwei Leben, zwischen zwei Erinnerungen zu stehen.

Als sie zu der Stelle kamen, wo sie die Steine aus der Wand der Einsiedlerhütte entfernt hatten, um in den Tunnel zu gelangen, entdeckten sie, daß sie wieder eingefügt worden waren, und zwar so kunstvoll, daß sie sie auch mit all ihrer Kraft nicht bewegen konnten.

Lukas und Collen sahen sich verzweifelt an. Die Frau atmete unregelmäßig. Sie hatten sie auf den Boden gesetzt, und sie lehnte neben der Lampe an der schmutzigen Wand und hatte kaum noch die Kraft, den Kopf zu heben. Doch in ihrer dünnen, welken Hand hielt sie das goldene Feuer des Bernsteins. Aus Angst, sie könnte ihn fallenlassen, kam Lukas auf sie zu, um ihn ihr abzunehmen. Doch sie schüttelte kaum merklich den Kopf und sagte mit einer so dünnen, leisen Stimme, daß man die Worte kaum hören konnte:

»Ich muß ihn festhalten... er ist das einzige, was mich jetzt noch am Leben hält.«

Lukas eilte wieder zu der Wand zurück.

»Es gibt keine Möglichkeit, hier durchzubrechen,« sagte Collen.

»Da ist auch noch der Eingang im Obstgarten,« erinnerte ihn Lukas. Er schob Collen die Lampe in die Hand und hob die zerbrechliche Gestalt auf seine Arme. Er spürte kaum ihr Gewicht, als sie durch den Gang hasteten. Doch dann hatte er einen Einfall.

»Wenn *er* die Steine wieder in die Mauer gefügt hat, muß er wissen, daß wir hier unten sind.«

»Zweifellos,« pflichtete Collen bei.

»Und wenn er nun auch den anderen Eingang blockiert hat?«

Sie beschleunigten ihren Schritt, von dem Gedanken fröstelnd, sie seien womöglich an diesem furchtbaren Ort gefangen, wie Creiddylad es gewesen, Gefangene eines solchen Ungeheuers, um nie mehr das Licht zu sehen.

Collen war voraus und stieß plötzlich einen Freudenruf aus. Er hatte den Ausgang gefunden, und er war nicht blockiert. Welch hinterhältiges und böses Spiel Gwynn ap Nudd mit ihnen auch spielen mochte, Gefangenschaft gehörte nicht dazu. Es kam Collen in den Sinn, daß er sie entkommen lassen und nur Zeit gewinnen wollte, als er den Ausgang in der Hütte verschloß. Der Obstgarten war viel weiter vom Felsberg entfernt, und sie würden viel länger brauchen, ihn zu erreichen.

Lukas gab Creiddylad in Collens Obhut und kletterte auf den Steinen und der Erde hoch, um die Abdeckung aus Zweigen wegzuschieben. Die Lampe stand auf einem Haufen Schutt. Erdklumpen fielen ihm ins Gesicht, Wurzeln hingen wie zerschlissene Vorhänge herab und berührten seine Schulter.

Sobald die Abdeckung fortgeschoben war, kletterte Lukas heraus und schaute sich vorsichtig um, ob sie auch allein waren. Dann beugte er sich hinunter, und Collen hob ihm Creiddylad entgegen. Der Einsiedler folgte ihnen nach, löschte die Lampe und tat die Abdeckung wieder über das Loch.

Das Sonnenlicht blendete die Frau, und sie schloß die Augen und barg ihren Kopf an Lukas' Schulter.

»Können wir eine Weile ausruhen?« bat sie. »Es ist so lange her, daß ich das Sonnenlicht gesehen habe.«

»Eine kleine Weile vielleicht – aber nur ein paar Augenblicke,« willigte Collen ein. Auch er brauchte eine Verschnaufpause und war froh, nicht selbst darum bitten zu müssen.

Lukas stand neben ihr und schaute sie an. Sie war alt, älter als er je einen Menschen gesehen hatte. Ihre Kleider waren Lumpen und ihre Haut war staubig, aber sie war wunderschön.

Langsam öffnete sie ihre Augen einen Spalt breit, schloß sie wieder. Öffnete sie ein bißchen weiter. Er beobachtete sie, ganz gefesselt, und versuchte sich vorzustellen, wie es sein mochte, nach so langer, langer Zeit in der Dunkelheit wieder zu sehen. Zuerst drehte sie ihr Gesicht fort, so daß nur wenig Licht auf sie fiel, und er sah, wie sie sanft den Talisman an ihr Gesicht hielt, als hülfe er ihr, zu sehen. Als es ihr schließlich gelang, die Augen ganz offen zu halten, wandte sie langsam den Kopf und sah mit großen Augen voller Freude alles an. Sie berührte ein kleines Moospolster, das auf einer knorrigen alten Baumwurzel wuchs, und streichelte über das weiche Gras. Sie bat darum, eine Schnecke näher betrachten zu dürfen, die gemächlich über den Weg kroch, und Lukas beeilte sich, sie für sie zu holen. Nachdem sie sie eine lange Zeit eingehend angeschaut und sinnend mit ihrem Finger die Spirale auf dem Gehäuse nachgezogen hatte, bat sie ihn, die Schnecke wieder an ihren Platz zu tun. Kaum war sie wieder am Boden, setzte sie ihren Weg fort, als hätte es auf ihrer stillen Fahrt keine Unterbrechung gegeben.

Collen erhob sich wieder und drängte sie. Es sei keine Zeit zu verlieren. »Wir müssen zum Felsberg, bevor es zu spät ist,« sagte er.

»Zu spät, wofür?« fragte sich Lukas als er sich vom Gras erhob, aber wünschte, sie könnten für immer dort sitzen bleiben.

Collen half der wunderschönen Frau auf die Füße.

»Für uns ist die Zeit gekommen, ihn herauszufordern,« sagte er. »Wer weiß, was er tun wird.«

»Was meinst du, wird er tun?« Lukas blickte auf Creiddylad.

Sie ließ sich Zeit mit der Antwort.

»Ich weiß nicht, an wieviel du dich erinnerst,« sagte sie schließlich. Lukas, dem es immer schwerer fiel, zwischen seinen Träumen, Erinnerungen und Vorstellungen zu unterscheiden, schüttelte den Kopf.

»Erzähl uns alles, was wir wissen müssen. Ich kann mich nicht mehr auf meine Erinnerung verlassen.«

Collen gab Lukas einen leichten Stoß in die Rippen, damit er nicht vergaß, daß sie weiter mußten, und er hob sie wieder auf seine Arme. Sie erzählte ihm etwas von der Vorgeschichte ihrer langen Gefangenschaft auf dem Weg zu dem Felsberg. Lukas mühte sich angestrengt, sich der Dinge zu entsinnen, die sie erzählte. Am lebhaftesten erinnerte er sich jenes Tages auf dem Felsberg, als sie sich geliebt hatten und der volle Mond an einem endlos blauen Himmel neben der Sonne stand.

Sie lächelte und blickte ihm in die Augen, als erinnere auch sie sich – und dann zog ein Schatten über ihr Gesicht. »Gwynn hätte ein mächtiges Geistwesen bleiben können, aber er wählte das Menschenleben. Anfangs wollte er vielleicht nur für kurze Zeit Mensch sein, doch dann blieb er es zu lange und nahm die irdische Natur so sehr an, daß er am Ende weder das eine noch das andere war – verloren zwischen den Welten, mit den Fähigkeiten eines großen Herren von Annwn, doch angetrieben von der Gier und der Eifersucht, die die menschliche Natur so leicht überkommen. Er wollte nehmen statt geben, herrschen statt lieben. Er glaubte allmählich, sein Verstand, der in der Zeit existiert, sei seinem Geist überlegen, der jenseits der Zeit existiert.«

»Ein gefallener Engel,« murmelte Collen.

»Ein Wesen, das der Hilfe bedarf,« sagte Creiddylad mit weicher Stimme.

»Du hast doch nicht etwa Mitleid mit ihm?« keuchte Lukas, wobei er sie fast fallen ließ, als er über einen Stein stolperte.

Die Frau wiegte nachdenklich den Kopf.

»Ist es so einfach, der zu sein, der man sein sollte?« sprach sie sanft.

Lukas errötete und mußte sich eingestehen, daß es nicht einfach war. Gar nicht einfach.

Die Schläge

Cerdic war enttäuscht und zornig wieder auf dem Weg zurück zum Kräutergarten. Er fühlte sich auf gewisse Weise gedemütigt. Er hatte versucht zu helfen, aber sein Angebot war zurückgewiesen worden. Er hatte sich von Bruder Peter nicht täuschen lassen. Matthias war *vor* ihm davongelaufen, nicht auf einem Botengang *für* ihn. Warum hatte man ihm nicht zugetraut, ihn zurückzubringen? War es wegen des Vorfalls an jenem Abend? Es war ein Unfall gewesen. Wie konnte er wissen, daß Matthias fast sterben würde? Und außerdem, wäre das ein so schwerer Verlust gewesen? Warum traute man ihm, Cerdic, nie etwas zu? Immer wenn es etwas Verantwortungsvolles zu tun gab, wurde er übergangen. Wenn er sich nur halb so häufig von seinen Pflichten gedrückt hätte wie Lukas, dann hätte man ihn mit Extraarbeiten bestraft oder er hätte auf den eisigen Steinplatten vor der Kapelle knien müssen, bis er an allen Gliedern steif und weh war. Es hatte einen Vorfall gegeben, wo man ihn mit einem der Dorfmädchen hinter dem Kuhstall erwischt hatte. Wenn sie nicht aufgeschrien hätte, wäre das nicht passiert. Er war vor den Vater Abt gerufen worden und mußte eine Menge frommer Worte über sich ergehen lassen, welche Qualen er in der Hölle erleiden müsse für die Sünde der Lust – und hinterher war er gezüchtigt und wie ein Stück Dreck behandelt worden. Die kleineren Jungen hatten sich früher immer über ihn beklagt, doch seit kurzem war es damit vorbei, und sie erwiesen ihm die gehörige Achtung. Er war der Herr des Hühnerhofs. Das hatte er immer wieder bewiesen, mit Nachdruck und Gewalt, und keiner der Jungen wagte, ihn in Frage zu stellen oder sein Geheiß zu mißachten. Manchmal meinte er sogar… und hier hellte sich sein düsteres

Gemüt etwas auf... manchmal meinte er, sogar die Mönche hätten Angst vor ihm.

Die Jungen im Kräutergarten hatten aufgehört zu arbeiten und saßen schwatzend und lachend auf der Mauer, hielten nach Cerdic Ausschau und waren offenbar erfreut, daß er Matthias nicht gekriegt hatte. Eine heiße Zorneswelle schien in seinem Körper aufzusteigen und eine Art leidenschaftlicher, roter Blindheit überkam ihn. Bruder Peter war in die Küche zurückgekehrt und nicht in Sicht.

Cerdic nahm seine Hacke auf und machte auf dem Absatz kehrt. Mit langen Schritten ging er den Weg zurück, den er gekommen war, den Mund im Zorn zusammengepreßt, entschlossen, Matthias zu fangen, den er für seine jüngste Demütigung verantwortlich machte.

Matthias hatte, ohne von all dem etwas zu bemerken, den Pfad erreicht, der zum Obstgarten führte, hatte ihn aber noch nicht betreten, als er hinter sich etwas hörte und sich umdrehte. Voll Schrecken sah er Cerdic, wußte, was er im Sinn hatte, und auch, daß er diesmal nicht würde entkommen können.

Cerdic sah die Angst in seinen Augen und hob die Hacke. Immer wieder schlug er damit auf den Kopf und die Schultern des Jungen ein, während Matthias versuchte, ihm auszuweichen und fortzulaufen. Cerdic konnte an nichts anderes mehr denken, als ihn in Grund und Boden zu schlagen, wie er das mit dem Frettchen getan hatte, das ihn erst vor einigen Wochen gebissen hatte.

Die anderen Jungen waren ihm gefolgt und sahen mit Schrecken, wie Matthias blutüberstsrömt anfing, zu weinen und um Gnade zu flehen. Nicht einer von ihnen tat etwas, ihm zu helfen, wenngleich so mancher sich in ihm wiedererkannte.

Befriedigt, daß der eiserne Griff der Furcht, den er stets auf seine Günstlinge ausübte, wieder fest saß, hielt er einen Augenblick inne und wollte von Matthias wissen, wo er hinwollte und wo genau Lukas sei. Als Matthias nicht antwortete, schlug er wieder auf ihn ein. Cerdic merkte, daß Matthias' zäher Mut ihm Sympathien eintrugen, und das durfte er nicht zulassen. Der Schlag, den er jetzt auf Matthias niedersausen ließ, spaltete diesem fast den Schädel, und der Junge fiel mit einer ekelhaft taumelnden Bewegung nach vorne über, die den Zuschauern ein Schnauben abnötigte. Er schlug auf den Boden und blieb furchtbar still liegen.

Eine scheinbar endlos lange Zeit standen die Jungen und Cerdic da und starrten Matthias an. Sie mochten nicht glauben, was sie sahen.

Plötzlich wandten sich die Zuschauer um und rannten davon, rempelten sich dabei und ließen Cerdic zutiefst erschrocken zurück, der sein Werk unverwandt ansah.

Als Bruder Peter, Andreas und Owen, gefolgt von einer Horde erregter Jungen, angerannt kamen, sahen sie Matthias noch liegen, wo er hingefallen war, doch Cerdic war nirgends zu sehen. Die blutverschmierte Hacke lag in einiger Entfernung, als sei sie mit gehörigem Schwung fortgeschleudert worden.

Bruder Peter nahm Matthias in seine Arme, Tränen rannen über seine Wangen. »Warum? Warum?« fragte er sich verzweifelt. Hatten sie Cerdic nicht einen Platz zum Leben gegeben, als er einsam und verlassen war? Hatten sie ihm nicht Fürsorge angedeihen lassen und versucht, ihm einen Lebenssinn zu vermitteln. Doch er hatte nie verstanden... war niemals dankbar... glaubte nur immer, daß alle ihn haßten, bis es wahr geworden war. Sie hatten versucht, ihn zu lieben, weil der Herr ihnen gesagt hatte, jeden zu lieben – aber Cerdic machte das fast unmöglich. Mürrisch, widerborstig, grausam... er war immer bei jedem Streit, den sie in den letzten Jahren hatten. Sie und er waren in einem Teufelskreis: Je schlechter er sich benahm, desto weniger wurde er geliebt; je weniger er geliebt wurde, desto schlechter betrug er sich. Nichts schien an ihn heranzukommen. Die Mönche hatten für ihn gebetet, doch der Herr hatte ihnen keine andere Weisung gegeben als den unbedingten Befehl: »Liebt und vergebt.«

Das Reich der Schatten

Collen war nicht so jung, wie er gewünscht hätte, und mehr als einmal auf dem Weg zum Felsberg mußte er anhalten, um Atem zu holen. Zu diesen Gelegenheiten legte Lukas Creiddylad auf den Boden neben sich und schritt unruhig auf und ab. Besorgt versuchte er abzuschätzen, wie weit sie noch zu gehen hätten. – Das Licht der Nachmittagssonne blinkte durch die frischen grünen Blätter des Waldes, und Creiddylad blickte staundend hinauf zum Himmel, der wie winzige Saphirsplitter durch das feingewirkte Netz aus Gold und Smaragd glitzerte. Ab und zu streichelte sie die Erde, als sei diese ein Kind, das sie liebte und von dem sie lange getrennt gewesen war.

»Es ist schade, daß wir kein Weihwasser mehr haben,« sagte Lukas zum Einsiedler. »Wir könnten es gebrauchen.«

»Gräm dich nicht darüber. Ich würde zu so einem Treffen niemals unbewaffnet gehen!« Dabei klopfte Collen an seine Seite, wo Lukas die Ausbuchtung der Wasserflasche aus Zinn sehen konnte, die am Gürtel hing und von den Falten des Gewandes halb verborgen war.

»Ich dachte, du hättest das letzte nach mir geworfen?«

»Es gibt immer neues im heiligen Brunnen.«

»Hast du das geholt, als du mich mit Gwynn alleingelassen hast?«

Collen nickte.

»Ich dachte, alles Wasser sei heilig,« sprach Creiddylad verwundert. »Es gibt Leben und kommt von Gott.«

»Hm,« sagte Collen, »das mag wohl so sein – aber manchmal brauchen wir etwas Zusätzliches, um unseren Glauben zu stärken.«

Sie lächelte und senkte zustimmend den Kopf.

»Ich habe meinen Bernstein-Talisman,« sagte sie, nahm ihn an ihre Lippen und küßte ihn. Als sie das tat, schien ihr Gesicht zu leuchten, und einen Augenblick lang sah sie wieder jung aus.

»Wir müssen los, wenn wir alles schaffen wollen, was getan werden muß,« sagte Collen brüsk. »Komm Lukas – genug der Trödelei!«

Lukas nahm Creiddylad wieder hoch. Der kurze Moment ihrer Jugend war wieder vorbei, und die kleine Gesellschaft machte sich wieder auf. Sie nahmen denselben Weg wie Lukas bei jenem ersten Mal, als er dem Fremden auf dem Felsberg begegnet war, jenen Pfad, der an vielen Stellen von dornigen Ranken und Nesseldickichten überwuchert war. Als sie endlich den ersten der undeutlichen Erdwälle erreichten, die Lukas schon am ersten Tag aufgefallen waren, erhellte sich ihr Gesicht. »Du brauchst mich jetzt nicht mehr tragen,« sagte sie und glitt auf den Boden.

»Ich glaube, du solltest...« fing Collen an, doch dann hielt er inne als er sah, wie sie nun aufrecht und groß dastand wie eine junge Frau.

Lukas entsann sich des Mädchens mit dem blühenden Zweig und dem grünen Mantel in seinem Traum. Einen Apfelzweig mit Knospen, den er Creiddylad im Obstgarten gegeben hatte, hielt sie noch in ihrer Hand, doch jetzt war er von Blüten übersät. Sie schaute ihn an, lächelnd, und ihre Augen hatten die Farbe des Sommerhimmels.

Lukas ging schnell vom Pfad ab und brach noch zwei Zweige für Collen und für sich, einen vom Weißdorn und einen von der Eiche. Der Einsiedler nahm ohne zu fragen die Eiche. Er wußte, sie würden alle in einem seltsamen und uralten Drama ihre Rolle spielen, und hielt sich bereit. Ob auch er einer der ursprünglichen Mitspieler gewesen war, wußte er nicht. Was genau seine Rolle sein würde, konnte er nicht sagen. Aber er wußte, ob er es nun mochte oder nicht, er war ein Teil geworden und mußte es mitmachen bis zum Ende. Still folgte er, als sie den Aufstieg begannen.

Unterhalb von ihnen lief im Wald Cerdic, von dem sie nichts

wußten. Cerdic lief, stolperte von einem Pfad zum nächsten, wußte kaum, was er tat oder wo er hinging. Er wußte nur eines: Er wollte so weit wie möglich fort von dem bleichen, blutenden Leib des Jungen, den er tot hatte liegen lassen.

Mit jeder Windung der Spirale schien die Frau jünger zu werden, bis sie, als sie fast den Saum des Waldes erreichten, das junge Mädchen war, das Lukas in seinem Traum gesehen hatte. Ihre Schönheit raubte ihm den Atem – doch just in dem Augenblick, als er sie voll Bewunderung anblickte, glitt ein kalter Schatten über sie hin. Sie schauten auf – und waren erschrocken. Ein hohes Gebäude türmte sich vor ihnen auf, und Lukas wußte, daß es bei seinem letzten Besuch nicht da gewesen war. Es sah dem Bild, das er von dem Haus des Zauberers hatte, als er es zum ersten Mal im Wald gesehen hatte, sehr ähnlich. Der Eingang wurde von hohen Säulen aus dunklem Holz bewacht, die über und über mit unheimlichen zwiegesichtigen Köpfen und grausigen Ungeheuern und verformten Männern und Frauen beschnitzt waren.

Gwynn ap Nudd selbst stand vor dem Eingang, seine Augen glühten wie Kohlen, sein Mantel aus Schatten fiel ihm zu Seiten wie die riesenhaften Flügel eines Raubvogels, der beobachtete und wartete.

Der Mann war wie verwandelt. Wie konnten sie zu hoffen wagen, ihn mit ihrer kleinen Flasche mit Brunnenwasser zu berühren, so heilig es auch sein mochte, mit ihren Zweigen und dem Stück Bernstein?

»Er hat uns gesehen,« wisperte Collen heiser. Und als er die Worte aussprach, waren sie von einer solchen Furcht erfüllt, daß sie ihre Glieder nicht mehr bewegen konnten.

Sie hörten eine Stimme, so hohl wie Donner in einer Höhle.

»Willkommen,« sprach die Finsternis aus dem Eingang. »Ich habe euch ein Festmahl bereitet.«

Sie starrten ihn an, wollten sprechen, aber kein Wort kam über ihre betäubten Lippen. Lukas erinnerte sich, wie er in Collens Hütte nicht sprechen konnte, und ihm war übel vor Angst.

Der König der Schatten erhob seine Arme, und das Geräusch davon war wie das Schlagen gewaltiger Flügel über ihnen.

»Kommt!« rief er, und sie merkten, daß sie ihre Glieder wieder bewegen konnten, jedoch nur in die Richtung, die sie seiner unheilvollen Gegenwart näherbringen würde. Lukas blickte Trost erhoffend auf Collen, aber er sah, der war genauso verängstigt. Nur Creiddylad hielt ihren Kopf erhoben und schritt voran, als sei das ihre freie Wahl.

Lukas fühlte sich beschämt und gab jeden Gedanken an Flucht auf.

Sie gingen zwischen den hohen Säulen hindurch. Sie betraten die Halle. Der Herr von Annwn schritt ihnen voraus und nahm Platz auf einem riesigen, leuchtenden Thron von Gold. So standen sie vor ihm, zu Zwergen geschrumpft angesichts der Holzsäulen, die das Dach trugen, angesichts der gewaltigen aus Holz geschnitzten Standbilder zu beiden Seiten des Thrones, und angesichts von Gwynn, der größer zu schein als der größte Mensch.

In der Mitte der Halle war eine lange Tafel mit den köstlichsten Speisen aufgestellt, die man sich nur vorstellen konnte. Die Teller waren aus Gold, die Pokale aus feinem Kristall. Lukas lief das Wasser im Munde zusammen, bis er sich an das letzte Festmahl bei Gwynn erinnerte.

An der Tafel saßen auf gut gearbeiteten Bänken schöne Mädchen und stattliche junge Männer, alle mit reichen, farbigen Gewändern bekleidet, alle fröhlich und ausgelassen, redeten und lachten sie, als hätten sie eine vergnügte Zeit. An der Seite spielten Musiker eine ausgezeichnete Musik.

Gwynn sah sich das Bild mit höchster Befriedigung an.

»Setzt euch!« sagte er mit einer fast gütigen Stimme. »Eßt! Vergnügt euch!«

Es waren Plätze oben an der Tafel frei und für sie vorbereitet, doch keiner von ihnen ging darauf zu. Lukas fühlte sich sehr dort hingezogen, doch seine jüngsten Erfahrungen hatten ihn eine Menge gelehrt, und mit aller Kraft sträubte er sich.

»Setzt euch!« befahl Gwynn ap Nudd, Herr von Annwn, erneut,

und die schönen jungen Menschen an der Tafel wurden still und sahen die Fremden mit wachsendem Unwillen an.

Lukas, der spürte, wie Gwynns Augen ihn nach vorne zogen, nahm seinen Willen zusammen und wandte ihm den Rücken, um zur Tür zu gehen. Fast erwartete er, es würde hinter ihm einen Aufschrei geben, aber es war nichts zu hören, und er erreichte unbehelligt die Tür.

Er ging noch einen Schritt weiter, ihn dürstete nach der frischen, milden Luft, die ihn draußen jenseits des dunklen Portals erwarten würde. Er fragte sich, ob Collen und Creiddylad ihm folgten. Je eher sie diesen verwunschenen Ort verließen, desto besser!

Doch als er durch die Tür hinaustrat, durch die er erst vor wenigen Augenblicken hereingekommen war, mußte er tief Luft holen. Wo zuvor die Landschaft mit bewaldeten Inseln übersät war, mit blühenden Schilfwäldern und Seen, da sah er jetzt eine Stadt sich bis zum Horizont ausdehnen. Wo einst Bäume waren, standen jetzt Häuser. Wo einst lebendiges Licht war, das sich im Wasser widerspiegelte, war jetzt hartes, totes Licht, das sich in Glas spiegelte. Riesige Schornsteine stießen Dampf und schwarzen Rauch aus.

Nirgends berührten die Menschen die Erde. Nirgends schauten die Menschen zum Himmel.

Ein Geräusch über ihm ließ ihn aufblicken, und da flogen brüllende metallene Vögel kreuz und quer über den Himmel, die so viel Lärm machten, daß Lukas sich die Hände vor die Ohren halten mußte. Und noch immer spürte er die Schwingungen ihres Vorbeifluges.

Er spürte eine Bewegung hinter sich und wirbelte herum. Collen, Creiddylad und Gwynn standen hinter ihm und schauten auf die veränderte Welt.

»Aber da ist Rauch zwischen den Menschen und dem Himmel,« rief Lukas aus. »Wie können sie die Sonne sehen?«

»Sie brauchen die Sonne nicht,« sprach der König der Schatten siegesgewiß. »Ich habe ihnen Wärme gegeben. Ich habe ihnen Licht gegeben. Sie können Licht und Wärme auf Knopfdruck haben. Warum sollten sie die Sonne wollen?«

»Die Erde,« sagte Lukas traurig. »Wo ist die Erde, das liebliche wachsende Grün, die Bäume, die Vögel...?«

Gwynn lachte, und sein Lachen war wie Donnerhall über fernen Bergen. Lukas hielt verzweifelt Ausschau nach einem Zeichen von der Welt, wie er sie kannte. Er hatte noch nie so viele Menschen gesehen, nicht im Traum... Tausende und nochmals zahllose Tausende... und aus ihrer Stadt konnte er Geräusche hören... Heulen, Kreischen, Hämmern, Zischen... Stimmen, die unaufhörlich aus Kästen ertönten... Musik, wilde und klirrende, rasende Musik... jeder Ton lauter und lauter, um die anderen zu übertönen... bis die Leute eingeschlossen waren im Lärm... eingeschlossen in Gwynns Kunstgebilden...

Von all den Seinsebenen, die einst für den Menschen wirklich waren, war nur noch die eine übrig – die stoffliche, körperliche.

»Seht, wie glücklich sie sind,« sagte Gwynn. »Ich habe ihnen alles gegeben, was sie begehren!«

Und ihnen wurden die Gesichter der Menschen gezeigt, und sie konnten sehen, daß sie grinsten und lachten. Doch in ihren Augen war etwas, das Lukas in den Augen der Menschen, die er kannte, noch nie gesehen hatte... Langweile... Leere... Trotz aller Besitztümer schien es keine Befriedigung zu geben.

Sie hatten das Gedenken an die Erde und ihre feingewirkten Kräfte, ihre feinen Harmonien verloren. Sie hatten die Fähigkeit verloren, tief in eine Weisheit zu tauchen, die größer als die ihre war. Schon ihre Sprache hatte keine Worte mehr, durch die die alten Geheimnisse in der Erinnerung bewahrt und verstanden werden konnten.

Voll Bitterkeit hob Creiddylad ihr Gesicht zu Gwynn auf.

»Du hast sie von allem abgeschnitten, das von Gott kommt, und sie gezwungen wie Maden in einer Welt zu leben, deren Wunder sie nicht mehr sehen können.«

»Das ist nur der Anfang,« sagte Gwynn. »Wenn ich fertig bin, dann werden sie mich anflehen, ihnen zu geben, was sie entbehren. Einen Gott. Und wenn sie flehen, werde ich ihnen antworten: ›Ich bin Gwynn. Ihr seid mein Volk. Wollt ihr *zwei* Sonnen? Ich werde euch zwei Sonnen *geben*. Wollt ihr in einer Kristallkugel leben? So sollt ihr in einer Kristallkugel leben. Wollt ihr ein neues Universum? Ich werde euch ein neues Universum geben!‹«

»Ein armseliges Ding wird das sein!« sprach Creiddylad tapfer. »Ein Universum begrenzt durch deine Vorstellung von einem Universum!«

Schwarzes Feuer blitzte aus Gwynns Augen. Er hob seine Arme wie Schwingen über ihr, und sie spürten heiß den Atem seiner Böswilligkeit.

»Ihr habt mein Festmahl verschmäht, und nun verhöhnt ihr mich,« schrie er. »Es ist kein Platz für euch in meiner Welt!«

»Der Tod war schon immer dein Reich,« sprach sie ruhig, wich nicht von der Stelle. »Doch der Tod war einst das Tor zu einem göttlichen Land, wo die Seele ausruhen konnte, bevor sie ihre Reise zu den höheren Reichen fortsetzten. Jetzt bist du nicht besser als jene, die uns mit Angst und Furcht sowohl vor dem Leben wie vor dem Tod erfüllen.«

Die Luft brüllte um sie her von seinem Zorn.

»Ich werde es euch zeigen!« kreischte er. »Ich werde es euch zeigen!«

Wie wild sah er sich nach etwas um, das ihr Eindruck machen würde. Im Westen sank die Sonne zum Horizont hinab. Herrlich glitt ihre riesige, rote Masse an den stillen, grünen Abhängen des Himmelsgewölbes hinab.

Er streckte seine Arme über seinem Kopf aus.

»Ich werde den Lauf der Sonne verändern!« brüllte er. »Selbst die Sonne wird mir gehorsam sein!«

Sie sahen, wie er angestrengt seinen Willen auf die Sonne richtete, fest und starr sein Blick. Doch still wie flüssiges Feuer ging die große Scheibe ihren Gang auf ihrer Bahn.

Sie sahen sein Gesicht vor Wut und Enttäuschung sich verzerren, und sie zitterten bei dem Gedanken, was er in seinem Zorn anrichten würde. Doch die Anstrengung mußte ihn erschöpft haben, denn statt sich zu ihnen umzuwenden, wie sie sicher angenommen hatten, stand er eine Weile gebückt und brütend da, der düstere, schattenhafte Mittelpunkt eines Wirbels von tödlichen Kraftströmen.

Wie sie merkten, waren sie von dem Bann befreit, der es ihnen zuvor so schwer gemacht hatte, sich gegen seinen Wunsch zu bewegen, und wären da nicht jene Ströme gewesen, die den Gipfel überlagerten und sie einfingen und zurückstießen, hätten sie vielleicht die Oberhand über ihn gewinnen können.

Cerdic fand den Wald, der ihn umgab, unsagbar dunkel. Es war, als sei die Sonne urplötzlich verschwunden, und die Vögel, die eben noch gesungen hatten, waren verstummt. Er sah sich verstört um. Etwas... irgend etwas war ganz verkehrt. Er war überhaupt nicht mehr im Wald, sondern an einem fremdartigen Ort. Bauwerke, wie er sie noch nie gesehen hatte, erhoben sich höher als die höchsten Bäume. Stein und Metall und Glas war dort, wo einst Baumstämme und Äste und Blätter, schmutzige Blechdosen und Papier, wo einst Brombeerranken und Farn gewesen waren. Unheimliche Geräusche und plötzlich aufblitzende Lichter belästigten ihn, und er mußte Menschen ausweichen, die ihn stießen und an ihm vorbeidrängten. Eine Tür öffnete sich, und er hörte ein Rufen und Knallen. Unvermittelt kam eine Gestalt aus einer Tür gesaust, als wäre sie von innen geworfen worden. Er blickte ihr ins Gesicht. Blut lief ihr aus dem bleichen Mund. Sie erinnerte ihn an Matthias. Erschrocken sah er zum Eingang, wo er den rotgesichtigen Rohling erblickte, der sie dort hingeschleudert hatte. Es war sein Gesicht, älter und gröber, mit Stoppeln am Kinn, doch unverkennbar sein Gesicht.

Er lief. Er lief auf dem harten Asphalt stinkende Gassen entlang, wo Ratten in verrottendem Abfall wühlten und ihn im Vorbeihasten anquiekten. Jemand warf eine Flasche nach ihm, die ihn knapp verfehlte und an der Wand neben seinem Kopf in tausend Scherben zersplitterte.

Er kam um eine Ecke und sah eine Gruppe finsterer Gestalten, die einen am Boden liegenden Körper schlugen. Er wollte umkehren, aber sie hatten ihn schon gesehen und ließen von ihrem Opfer ab, um sich ihm zuzuwenden. Sie drängten ihn in eine Ecke mit brandigen Kästen und schlugen ihm den Kopf ein. Als er hinfiel und versuchte, den tretenden Stiefeln zu entgehen, damit sie ihm nicht die Augen ausstachen, wußte er, so mußte Matthias sich gefühlt haben...

»Ich bin in der Hölle,« dachte er. »Ich bin gestorben und zur Strafe für das, was ich Matthias angetan habe, zur Hölle gefahren.«

Auf dem Gipfel des Felsberges sah die kleine Gruppe das tiefe Purpurrot am östlichen Himmel über den Rauchschwaden sich blaß verfärben. Es würde nicht mehr lange dauern, bis der Mond aufging.

Gwynn sah das. Er reckte sich und wandte sich der Stelle zu.

»Wenigstens der Mond wird mir gehorchen,« murmelte heiser. »Der Mond soll mich nicht verhöhnen!« Er faßte sich wieder, hochragend und schwarz wie die Nacht. Sie spürten die gespannte Erwartung in der Luft... bis die Silberscheibe über den Nebelschichten erschien.

Creiddylad hob ihren Talisman in der Rechten und den Blütenzweig in der Linken. Lukas sah ihr Gesicht vor Schmerz funkeln, als sie sich dazu zwang, durch das schwarze Kraftfeld des Zauberers zu gehen und sich vor ihn zu stellen.

Sowohl Lukas als auch Collen versuchten vorzutreten, um ihr zu helfen, doch sie wurden zurückgeschleudert und lagen stöhnend am Boden. Hilflos mußten sie von dort mit ansehen, wie die junge Frau vor dem grimmigen König der Schatten stand.

»Gwynn,« sprach sie mit klarer Stimme, doch Lukas vernahm das leichte Beben darin.

Auf der Stelle wandte Gwynn seinen Blick vom Horizont ab, um festzustellen, wer es wagte, sich ihm so zu nähern und ihn beim Namen zu nennen. Seine Augen funkelten böse, als er die Frau sah, die ihm widerstand.

Schwarzes Feuer flammte unvermittelt auf und knisterte in der Luft.

Lukas schrie auf, um das Leben der geliebten Frau besorgt, doch noch immer wurde er von einer unsichtbaren Kraft zurückgehalten und konnte ihr nicht helfen.

Glücklicherweise war sie noch da, als das Feuer verlosch, und stand Gwynn gegenüber. Er hob seine Hand gegen sie mit jener Geste, die Lukas zu fürchten gelernt hatte. Die Luft um sie her erfüllte sich mit beißendem Rauch, und sie sahen, daß sie nur noch unter größten Schwierigkeiten standhielt.

»Gwynn!« rief Lukas verzweifelt. Wenn er sich auch nicht bewegen konnt, so hoffte er, seine Stimme würde Gwynn ablenken. Einen Augenblick lang schwankte Gwynn, und da gewann das Mädchen sichtbar an Kraft.

Der Mond ging auf. Er schwamm an einem klaren, dunklen Himmel wie ein leuchtender Schwan, von dem sich das Licht aus jeder zauberischen Feder ergoß.

Der Zauberer vergaß seine Widersacherin und wandte sich dem Mond zu. Er hob beide Arme. Sein Schattenmantel wogte hinaus und Dunkelheit bedeckte das ganze Land.

Creiddylad hielt stand. Hoch hob sie ihren Kraftstein und den Blütenzweig in der anderen Hand.

Trotz Gwynns dunklem Mantel fanden die Mondstrahlen sie, und Lukas holte tief Luft als er sah, wie sie sich mit dem Licht verbanden, das von ihrem strahlenden Gesicht ausging.

Über den gewaltigen, endlosen Himmel bewegten sich und blitzten Lichter. Es kam ihm vor, als wirbelte und flog Gwynns Mantel bei dem Versuch umher, die Lichtstrahlen zu brechen und von der Erde fernzuhalten.

Wer weiß, ob er nicht Erfolg gehabt hätte, wenn nicht Collen, Creiddylad und Lukas in ihren Herzen die Worte eines alten, machtvollen Gebetes gefunden hätten, das sie vergessen wähnten.

Jäh aus dem vollen Rund des Himmels, von oberhalb des schwarzen, geisterhaften Nebels, erhoben Lichtwesen sich, größer als der Mond, feuriger als die Sonne. Das durchsichtige Blau im Herzen einer jeden Flamme war dunkel gegen das Licht, das über die Himmel wirbelnd sich ergoß. Darüber kamen in hohem Bogen Pfeile aus weißem Licht geflogen, fielen hernieder in einem Funkenregen, und jeder einzelne von ihnen mit der Kraft, die Erde in ein Inferno zu verwandeln, gegen das die mächtige Sonne sich wie ein harmloses Kinderspielzeug ausnehmen würde. Ein Feuerwind blies hart und wütend, knisternd und heulend... Blitze zuckten und durchstachen die Schwärze... Nirgend in der gewaltigen Schönheit der Nacht konnte sich der Herr von Annwn noch verbergen.

Lukas schloß und bedeckte seine Augen, doch selbst durch die Augenlider und die Knochen seiner Hand hindurch, konnte er das blendende Licht rasen sehen... das Gestöber der Finsternis... und den endlichen Durchbruch der strahlenden Helligkeit.

Er fiel auf die Erde nieder und barg sein Gesicht.

Im Kloster kämpfte Matthias in jener Nacht um sein Leben. Er war nicht tot, als Bruder Peter ihn in den Krankensaal brachte. Die ganze Nacht über schienen Licht und Dunkelheit um ihn herumzuwirbeln. Manchmal meinte er, Stimmen zu hören, so fein und hoch wie er sich Engelsstimmen vorstellte. Dann wieder hörte er harte Laute, und einmal hörte er einen Schrei, den er wiederzuerkennen meinte.

»Cerdic?« murmelte er, und Bruder Peter, der neben seinem Bett saß, beugte sich sogleich vor und wischte mit einem kühlen, feuchten Tuch über seine Stirn.

»Cerdic ist nicht hier, mein Kind,« sprach er sanft. »Hab keine Angst.«

»Cerdic,« flüsterte der Junge wieder, und Bruder Peter mochte meinen, weder Angst noch Haß in seiner Stimme zu hören, sondern nur Mitleid. Tränen traten in seine Augen. Er hatte neben Matthias gesessen und versucht zu beten, merkte aber, daß er an nichts anderes denken konnte als an seinen Widerwillen gegen Cerdic. Sein ganzes Leben lang hatte Cerdic Freude daran gehabt, Vögel, Insekten und andere Tiere zu töten – nicht einfach, um sie zu essen, sondern aus Spaß. Sein ganzes Leben lang hatte er alle, die kleiner oder schwächer waren als er, terrorisiert. Es war, als ob die Vorstellungsgabe, das Seelenauge, mittels dessen das Bewußtsein eines Menschen seine Heimstatt verlassen und frei in der ganzen Schöpfung umherwandern und sehen konnte, was andere sahen, fühlen konnte, was andere fühlten... bei Cerdic fehlte. Bruder Peter wußte, solange er dieses Auge nicht in sich fand und lernte, es zu gebrauchen, solange würde er der blinde, dumme Ochse bleiben, der er war.

Es kam Cerdic vor, als läge er eine lange Zeit in einem See aus eigenem Blut, umgeben von Unrat und Dunkelheit, Schmerz in allen Gliedern. Seine Peiniger hatten ihn liegenlassen und dachten zweifellos, er sei tot.

»Lieber Gott – bitte laß mich nicht tot sein!« In seinem Geist sprach er die Worte immer wieder, fast ohne es zu wollen. Er hatte große Angst vor der Hölle, die der Abt bei so vielen Gelegenheiten so lebendig geschildert hatte. Er strengte sich an, seinen Körper zu bewegen, aber es gelang ihm nicht, er strengte sich an, seine Augen zu öffnen, aber sie öffneten sich nicht... Er sehnte sich nach dem Sonnenlicht und den Bäumen... nach dem weichen Gras und dem Duft der Kräuter... sehnte sich sogar nach dem ruhigen, festgefügten Tagesablauf des Klosters, welches ihm zuvor so verdrießlich gewesen war... nach allem... so es nur Leben war und weit weg von dieser grausigen, seelenlosen Dunkelheit, die ihn umgab. Wenn er doch nur die Vergebung erfahren dürfte, von der die Mönche immer sprachen... wenn er doch nur noch mal von vorne anfangen dürfte...

»Matthias,« wisperte er mit trockener und krächzender Stimme. »Matt... wenn ich dich nur wieder zum Leben erwecken könnte... wenn ich nur...«

Lichter begannen um ihn her zu blinken. Er konnte sie sogar durch seine geschlossenen Lider erblicken... und sie zu sehen verursachte unvorstellbare Schmerzen.

Wie lange er in diesem Zustand dagelegen hatte, konnte er nicht sagen, doch nach und nach verminderte sich das Licht und der Schmerz begann nachzulassen. Er stellte fest, daß er seine Augen öffnen konnte. Behutsam drehte er seinen Kopf, denn er tat noch weh, um zu sehen, ob er sich noch in jener dunklen, stinkenden Gasse unterhalb der Mauer befand, die den Himmel verdeckte. So war es. Doch als er bei diesem Gedanken noch aufstöhnte, hörte er ein knackendes Geräusch. Er drehte sich herum, um zu sehen, was es war. Er schaute erstaunt. Einer der Pflastersteine, auf denen er inmitten des faulenden Abfalls lag, war gesprungen, und es drängte sich etwas durch diesen Spalt. Er setzte sich auf, ohne auch nur einen Augenblick seine Augen von dem Riß zu wenden, voll Angst, welch neuer Schrecken sich auftun würde.

Zuerst kroch ein weißes kleines Ding aus der Dunkelheit unter dem Stein hervor, das wie ein Wurm aussah, doch als es sich bewegte und von Augenblick zu Augenblick größer wurde, erkannte er, daß es beileibe kein Wurm war, sondern ein sich entfaltender Sproß. Mit offenem Mund beugte er sich vor, um besser sehen zu können. Der Sproß kam gebogen hervor, um geschützt zu sein, und begann dann, sich zu entfalten. Innerhalb kurzer Zeit blickte er auf ein kleines Blatt an einem kräftigen Stamm. Die ganze Zeit über knackte der Stein weiter. Mehr Blätter entfalteten sich... der Stamm wuchs kräftiger... höher...

Andere Geräusche weckten seine Aufmerksamkeit und er wandte den Kopf. Alles, was er ansah... die Mauern... das Pflaster... alles... brach auf, und das Pflanzenreich forderte sein Reich wieder ein. Er stand auf und fing vor Freude, wieder grüne Blätter zu sehen, laut an zu rufen und zu springen. Mauern fingen an einzustürzen, und er mußte ihnen ausweichen und zur Seite springen... aber das machte ihm nichts aus, denn die ganze Zeit wuchsen Gras und Bäume... die Dunkelheit lichtete sich und das weiche Sonnenlicht, das er gekannt hatte, ergoß sich über allem...

Das Reich des Lichtes

Als Lukas es schließlich wagte, seinen Kopf zu heben, war auch er verwundert über das, was er sah. Drei Lichtwesen standen auf dem Gipfel des Felsberges, und vom Palast des Herren von Annwn war keine Spur, noch vom König der Schatten selbst. Bruder Collen stand neben ihm. Sein Gesicht leuchtete vor Scheu und Ehrfurcht.

»Wer sind sie?« flüsterte Lukas, der dabei den Arm des Einsiedlers umklammerte.

»Eine von diesen kennst du,« antwortete er mit weicher Stimme.

Lukas riß die Augen auf, erkannte aber keinen.

»Du kennst sie als die Hohe Frau Creiddylad,« wisperte Collen ihm zu.

Jetzt sah Lukas, daß sie es war, das Mädchen, das er liebte, doch war sie jetzt verwandelt… die Mutter der Erde, die Spenderin des Lebens und der Erneuerung… die Grüne Göttin in ihrer ganzen Pracht.

»Wie schön,« dachte er, und sein Herz tat ihm weh angesichts solcher Schönheit.

»Und die anderen?« flüsterte er Collen zu.

»Der eine, glaube ich, ist Gabriel, der Engel der Offenbarung.«

Lukas erbebte. Das Dunkelblau des Mantels, den Gabriel trug, war die Farbe des Himmels kurz vor der Dämmerung, durchsichtig leuchtend. Als er sich bewegte, schienen silberne und grüne Lichtstrahlen hindurch.

Lukas wandte sich dem anderen zu, und sein Herz tat einen Sprung. Es war der Engel Mik-hael, der Vernichter der Dämonen, der Vorkämpfer des Herrn Christus; dessen Schwert geschmiedet war in der weißen Hitze des menschlichen Herzens. Sein Antlitz war so strahlend, daß man es nicht ansehen konnte und seine Gestalt jenseits menschlichen Fassungsvermögens.

Jetzt sah Lukas ihn sich zum Aufbruch umwenden, und mit der Bewegung seiner Schulter war es, als würde die Sonne hinter der Erde emporgehoben und ihre goldene Herrlichkeit über den Himmel gezogen... sein Flammenmantel, der Sonnenaufgang...

Lukas wagte kaum, zu atmen. Er schaute und schaute wie gebannt... versuchte, alles aufzusaugen und in sich zu behalten. Die Nacht war vergangen, und er hatte es nicht bemerkt. Was er einst von Zeit, von Wirklichkeit und von Einbildung zu wissen glaubte, ergab keinen Sinn mehr.

Bruder Collen berührte Lukas' Arm. Auch er zitterte.

Lukas sah ihn an und folgte seinem Zeigefinger zu der Landschaft unterhalb des Felsberges.

Wie ein böser Traum war Gwynns schändliches Werk verschwunden. Die liebliche Erde war wieder grün, die Wasser von der Widerspsiegelungen der Dämmerung golden und rot. Eine Lerche erhob sich aus dem Buschwerk und hing über ihren Köpfen... jubilierend...

Doch Gwythyrs Herz sehnte sich nach der Frau, die er geliebt hatte. Mochte sie auch eine noch so große Seele sein – er hatte sie als Frau gekannt.

Und dann fanden sie sie, eine gebrechliche, verbrauchte Gestalt, eine Frau von hohem Alter. Sie lag zusammengerollt wie ein Rauchwölkchen, kaum noch atmend, da. Er beugte sich über sie; er streichelte über ihr silbernes Haar und die weichen Wangen.

Ganz leicht schüttelte sie den Kopf: »Du darfst nicht um mich klagen,« wisperte sie. »Du hast ein neues Leben zu leben, und ich werde nie weit fort sein. Ist man einmal außerhalb von Zeit und Raum, gibt es kein Weit und Nah mehr, kein Danach und Davor...«

Er küßte sie sanft und wußte dabei, es war das letzte Mal als Gwythyr und Creiddylad, als Lukas und die Frau der Höhle. Sie blickte über seinen Kopf hinweg zu Collen.

»Gwynns Schatten hat diesmal nicht gesiegt,« sagte sie mit

schwacher Stimme. »Aber paßt auf. Es bedarf keines machtgierigen Zauberers, ihn heraufzubeschwören. Die dunkle Seite des menschlichen Herzens ist eine ständige Herausforderung für das Licht.«

Ihre Augen schlossen sich. Sie glitt davon.

»Bleib,« schrie Lukas heiser. »Ich kann ohne dich nicht leben! Bleib. Bitte bleib!«

Doch ihr irdischer Leib war tot, ihr letzter Atemzug ein Seufzen.

Lukas zog sich von ihr zurück. Collen legte ihm den Arm um die Schulter.

»Was nun?« fragte Lukas traurig. Wie konnten sie nach einer solchen Nacht leben wie zuvor?

Collen schüttelte seinen Kopf und schwieg. So vieles war geschehen, so viele Kräfte waren in ihrem Leben am Werk. Es wollte ihm scheinen, der Abt stellte eine ebenso dunkle Kraft dar wir Gwynn. Er forderte Gehorsam gegen einen Gott, den er nicht verstand. »Nicht aus Liebe,« dachte Collen, »nicht aus Liebe sollen wir unser Ich aufgeben – sondern aus Angst.« Die beiden hatten so viel Macht, so viele Möglichkeiten für das Gute, und doch richteten sie es gegen den Fluß, gegen den Rhythmus des Weltenalls. »Zwei von einem Schlage,« murmelte er, »jeder am Kern der eigenen Religion vorbei.« Beide zollten der stofflichen Welt zuviel Aufmerksamkeit. Der eine wollte sie beeinflussen, indem er dem Körper unnatürliche Zucht auferlegte, der andere, indem er Zauberei anwandte – und beide vergaßen dabei, daß es die suchende Seele des Einzelnen und ihr Drang, sich im eigenen Schrittmaß zu entfalten und zu wachsen, war, die das Weltenall auf seiner Bahn hielt und im Einklang mit seinem zeitlosen Sinn.

»Es liegt jetzt an uns,« sprach er laut und schüttelte die schwermütigen Betrachtungen ab. »Uns ist ein neuer Beginn gegeben, und wir sollten das beste daraus machen.«

Lukas zeigte auf die Zinnflasche an seinem Gürtel.

»Du hast zuguterletzt das heilige Wasser gar nicht gebraucht,« sagte er. »Wäre es nicht angemessen, es auf dem Felsberg auszugießen... als eine Art Dankesgabe und... eine Art Reinigung?«

Bruder Collen nahm die Flasche von seinem Gürtel und hielt sie hoch. Lukas sah zu, wie das Wasser wie flüssiger Kristall durch die klare Luft sich ergoß und im Gras versickerte. Als der letzte Tropfen alle war, lächelten sie sich an, hatten sie doch jetzt das Gefühl, daß der Felsberg endlich frei war von Gwynns finsterem Traum.

»Wir sollten sie begraben,« sagte Lukas nun und blickte auf die Gestalt der grauen Frau.

»Jawohl.«

Als sie sich bückten, um sie aufzuheben, sahen sie, daß der Bernstein von der Gewalt der Kräfte, die die ganze Nacht um sie her getobt hatten, zerschmettert war und jetzt in einem Häufchen flammenfarbenen Staubes neben ihr lag.

Lukas nahm ihn auf seine hohlen Hände und blies ihn an, worauf er sich in die Luft erhob und mit der Morgenbrise davontrieb, um sich schließlich über dem ganzen Land zu verteilen.

Als er sich wieder nach der Frau umdrehte, war auch sie zu Staub geworden, und es gab nichts mehr zu begraben.

Sie schauten sich um. Es war, als sei nichts geschehen. Die Sonne war auf ihrem täglichen Gang, und die Luft erwärmte sich angenehm. Von einem Bauernjungen wurde, nicht weit vom Waldrand entfernt, eine Kuhherde auf die Weide getrieben. Lukas konnte eine Stute mit ihrem Fohlen sehen, und weit unten auf der Straße Leute, die zum Markt gingen.

Im Krankensaal öffnete Matthias die Augen und lächelte.

quellen

1) Für die Geschichte von der Auseinandersetzung zwischen Gwynn ap Nudd und dem christlichen Einsiedler Sankt Collen:
LIVES OF THE BRITISH SAINTS (Life of Saint Collen) [*Das Leben der britischen Heiligen/Das Leben des Sankt Collen*]
S. Baring Gould. Pub. John Hodges, London 1875
THE MABINOGION [*Das Mabinogion*] von Lady Charlotte Guest (bis S. 100); Pub. J. M. Dent & Co 1906
GLASTONBURY TOR: A GUIDE TO THE HISTORY AND LEGENDS [*Der Felsberg von Glastonbury: Seine Geschichte und Sagen*] von Nick Mann; Pub. Annenterprise 1986
Gwynn ap Nudd wurde in der Geschichte von Sankt Collen »König der Feen« genannt. Die Feen im keltischen und im Dunklen Zeitalter waren oft Erinnerungen an Rassen, die viel, viel früher gelebt hatten; ein Volk mit zauberischer Macht, fähig zu herrlichsten Verwandlungen und Vorspiegelungen, werden sie mit den Steinkreisen in Verbindung gebracht, mit der Zeitlosigkeit, mit Labyrinthen und Hügelgräbern: Ein Volk, dessen Wissen von anderen Wirklichkeiten und dessen Zaubertaten und Verwandlungskünste mit den Jahrhunderten immer mehr ausgeschmückt und gefürchtet wurden.

2) Für die Geschichte von Gwynn ap Nudds Beziehung zu Gwythyr, Sohn des Greidyawl, und Creiddylad:
THE MABINOGION [*Das Mabinogion*] von Lady Charlotte Guest (bis S. 100 und die Geschichte von »Kilhwch und Olwen«)
THE MABINOGION von Jeffrey Gantz (die Geschichte »Wie Culhwch Olwen besiegte« S. 159, 167, 168); Pub. Penguin 1976

3) Für Sagen vom unterirdischen Gang unter dem Felsberg:
GLASTONBURY TOR: A GUIDE TO THE HISTORY AND LE-

GENDS [*s. o.*] von Nick Mann; Pub. Annenterprise 1986
GLASTONBURY MAKER OF MYTHS [*Mythenschaffendes Glastonbury*] von Frances Howard-Gordon; Pub. Gothic Image 1982
Artikel von Ann Pennick in GLASTONBURY, ANCIENT AVALON, NEW JERUSALEM [*Glastonbury, altes Avalon, neues Jerusalem*] herausgegeben von Anthony Roberts; Pub. Rider 1978

4) Für die Geschichte von der Grünen Göttin oder Erdgöttin, die im Felsberg gefangen ist (die »Persephone-Verbindung«), erstmals erwähnt in der Biographie von Gildas, verfaßt von Caradoc von Llancarfan in Zusammenhang mit Guineveres Raub und Gefangenschaft durch König Melwas von Somerset, siehe Geoffrey Ashe: AVALON, THE STORY OF GLASTONBURY [*Avalon, die Geschichte von Glastonbury*] (Fontana 1977) und THE QUEST FOR ARTHUR'S BRITAIN [*Die Suche nach Arthurs Britannien*] (Paladin 1968). In GLASTONBURY TOR: A GUIDE TO THE HISTORY AND LEGENDS schreibt Nick Mann: »Kehren wir zu Caradocs Geschichte von Melwas und der von ihm auf dem Felsberg gefangen gehaltenen Guinevere zurück, und zu seinen darauf folgenden Kämpfen mit Arthur, so treten uns interessante Dinge entgegen, wenn wir dies mit der Geschichte der Rivalität zwischen Gwynn und Gwythyr um Creiddylad vergleichen... Die mythischen Qualitäten des Ganzen nehmen zu, wenn klar ist, daß sowohl Creiddylad wie Guinevere Töchter des Sonnenkönigs sind...

Wenn die Geschichte von Arthur und Melwas die Neufassung einer früheren keltischen Sage von Gwynn und Gwythyr ist, und wenn Caradoc aus diesen Quellen heraus gute Gründe gehabt hat, den Ort des Kampfes auf den Felsberg zu legen (die Sage von Sankt Collen macht deutlich, daß zumindest Gwynn dort zu finden gewesen ist), dann haben wir vielleicht einen Zipfel der keltischen und heidnischen Glaubensinhalte, die das sinnbildhafte Wesen des Felsberges umgeben.

Wir können vermuten, daß der Felsberg der Ort eines großen Fruchtbarkeitsrituals Anfang Mai war, wo die Kräfte der Erde und des Himmels ins Gleichgewicht gebracht wurden, um die

Wiederkehr der Sonne und die Fortdauer des Jahreskreislaufs sicherzustellen.«

Die »Verknüpfung mit Persephone« ist auch in der Verbindung von Großer Mutter, Erdgöttin mit dem Felsberg von Glastonbury enthalten, das Frances Howard-Gordon in ihrem Buch GLASTONBURY: MAKER OF MYTHS gezeichnet hat. Pub. Gothic Image 1982

5) Die Insel von Glastonbury wird von vielen Autoren als Eingang zur keltischen Unterwelt bezeichnet, u..a. von Geoffrey Ashe in CAMELOT AND THE VISION OF ALBION [*Camelot und die Schau von Albion*] (Panther 1973)

6) Die Anderswelt selbst, als ein goldenes Land, das man durch einen Durchlaß zwischen zwei Kristallbäumen betritt, nachdem man mit dem Boot gefahren ist, wird in EARLY IRISH MYTHS UND SAGAS [*Frühe irische Mythen und Sagen*] von Jeffrey Gantz sehr gut beschrieben. Pub. Penguin 1981.

7) Der Schamanenen-Beutel aus Kranichhaut: KELTIC FOLK AND FAIRIE TALES [*Keltische Volkssagen und Märchen*] von Kaledon Naddair. Pub. Rider 1987: »Keltische Druiden bewahrten ihre Ogham ›Cranchann‹ in einem Beutel aus Kranich/Fischreiherhaut auf.« Kraniche werden mit der »jungen Fruchtbarkeitsgöttin in Verbindung gebracht« und mit jenen, die über »das Geheimnis der Wiedergeburt wachen...«

8) Der immerwährende Chor im Kloster von Glastonbury wird in den Walisischen Triaden von Geoffrey Ashe in CAMELOT AND THE VISION OF ALBION erwähnt.

9) Für Gwynns Herausforderung der Sterne siehe: John Dee: THE WORLD OF AN ELIZABETHAN MAGUS by Peter J. French. Pub. R K P 1972 (S. 116).

»...der religiöse Magus konnte theoretisch den Lauf der Sterne verändern und die himmlischen Mächte beherrschen. Doch die Anspannung wäre so groß, daß sein Körper zerstört werden und seine seelische Essenz vollständig in der Gottheit aufgehen würde. Diese großartige Umwandlung war genau das, was Dee durch seine Magie versuchte.«

Ich kann nicht alle Quellen aus einem Leserleben nennen – aber dies sind die in der jüngsten Zeit zu Rate gezogenen Quellen.